2003年11月

兒童文學

資深作家**陳千武**先生

及其同輩作家作品研討會

 論文集

中華民國兒童文學學會◎編

序————

筆路藍縷闢台灣兒童文學蹊徑

林 文 寶

中華民國兒童文學學會理事長

日據時代，台灣兒童文學在日本文化的籠罩下，難以展現本身的特色。戰後，在當時的環境，文學幾乎是一種政治產物，兒童文學自然就被邊緣化。台灣兒童文學在薄弱的根基之下，似乎不易走出屬於自己的一條路。

因為不易走出屬於自己的一條路，相對的，在披荊斬棘之後，可以另外闢出一條屬於台灣兒童文學的蹊徑，這種積極的思維，讓跨越戰前戰後，或渡海來台的文學作家，紛紛執起筆，為兒童為時代留下一篇篇佳作，同時也為台灣兒童文學開啟新紀元。

中華民國兒童文學學會舉辦「兒童文學資深作家作品研討會」，已經列為年度重要的盛事，歷年來已討論過資深作家林海音先生、潘人木先生、林良先生、林鍾隆先生和馬景賢先生。前輩作家深耕過的痕跡，也藉由研討會討論過程，再一次留下紀錄，這些紀錄就是台灣兒童文學彌足珍貴的資產。

今年（2003 年）十一月二十二、二十三日兩天，在台中靜宜大學舉辦兒童文學資深作家作品研討會——「兒童文學資深作家陳千武先生及其同輩作家作品研討會」，以陳千武先生與同輩作家詹冰先生、張彥勳先生、施翠峰先生、陳秀喜女士及作品作為研討主軸。

往年學會舉辦研討會，地點都離不開台北市，今年跨出淡水河來到台中大度山，一方面五位資深前輩作家，都是中部地區人，另一方面陳千武先生現為靜宜大學駐校作家，而主要是學會希望能與中部地區熱愛兒童文學的朋友，進行更多的互動，所以研討會選在台中靜

宜大學辦理,這很合乎學會推動兒童文學的要旨。

　　二次世界大戰日本戰敗後,台灣脫離統治,陳千武先生、詹冰先生、張彥勳先生、施翠峰先生、陳秀喜女士,這一群從小都是接受日本教育的本省籍作家,為了方便中文閱讀與書寫,必須跨越語言的藩籬,捨棄日文思考,重新從注音符號開始學習中文,他們從語文的層層障礙中,建立自己在兒童文學上的成就,實屬不易。

　　〈陳千武的兒童詩論〉探就陳千武兒童詩評論的內容,重構陳千武兒童詩理論,尤其對「詩三要素」及「心象」一詞使用加以闡述、商榷。

　　〈陳千武先生翻譯的《星星的王子》〉對陳千武將日譯本的《星星的王子》翻譯成中文,研討陳千武翻譯的手法及特色。

　　〈舊瓶裝新酒──陳千武《台灣民間故事》評述〉陳千武有感流傳的台灣民間故事,大都適合成人閱讀,且是籠統性的敘述,缺乏土地背景的情趣與親密感,他再創作《台灣民間故事》。本文探討此書的的選材、分類、表現手法與主要特色。

　　〈烈日與暖陽──談陳千武和他的少年詩〉談陳千武少年詩的創作風格及少年詩觀,並從形式與內容上,討論陳千武少年詩的特色。

　　〈詹冰兒童詩淺析〉從詹冰出版的兒童詩作品作為研究範圍,並從作者生平、文學歷程、兒童詩作品、兒童詩觀、文學理念中,析論詹冰兒童詩的特色。

　　〈愛的世界──論詹冰童詩的風格〉創作現代詩的詹冰,轉入兒童詩的創作是一項重大的轉變,充滿知性的觀照到情感自然表達,以呈現清晰的意象,詩作都收錄在《太陽‧蝴蝶‧花》及《銀髮與童心》,從詩集中可以窺探詹冰的詩心。

　　〈台灣少年小說作家施翠峰及其作品初探──以〈愛恨交響曲〉與〈歸燕〉二作為例〉一文中除介紹五、六〇年代台灣少年小說發展狀況外,主要介紹施翠峰生平及其兒童文學創作,以〈愛恨交響曲〉與〈歸燕〉兩部作品作為討論核心。

　　〈一步一履痕,跨越語言藩籬的張彥勳〉討論張彥勳從事兒童文

學創作及其寫作風格與環境關聯性的探索「一步一腳印、一書一世界」正是張彥勳文學生命的寫照。

〈從十三首詩談親近陳秀喜的兒童閱讀策略〉聚焦於陳秀喜的詩在「文學成績」和「台灣文化版圖」上的重要性，以釐清在現代社會中還要讓兒童親近陳秀喜及其作品的理由，從《陳秀喜全集》134 首詩中，確立標準，選輯適合兒童閱讀的十三首詩，並深入說明關於陳秀喜詩作的兒童閱讀策略。

每一個大人都是兒童變成的，每一個兒童在成長過程中，啟蒙教育都背離不了兒童文學，所以兒童文學應是屬於全民的文學。這九篇論述，事實上無法道盡五位資深作家的生平及作品，兒童文學學會以虔敬的心，為兒童文學前輩辦研討會，無不希望承起先進對文學的貢獻，繼而發揚光大，更希望引起社會大眾的重視，重視兒童文學無遠弗屆的影響。

❖目　錄

陳千武先生翻譯的《星星的王子》

蘇 奐 羽

摘　要

　　陳千武先生翻譯的《星星的王子》（The Little Prince）是國內第一本由日文翻譯過來的《小王子》（陳千武先生的譯名是《星星的王子》）。

　　《小王子》的翻譯風潮是兒童文學中的一股炫風，光是台灣就有四、五十種不同的版本，《星星的王子》是非常早的譯本（僅次於陳錦芳從法文翻譯過來的版本），所以要研究《小王子》在台灣的沿革、各版本的翻譯風格，《星星的王子》具有相當的意義。

　　筆者將簡介《星星的王子》的故事，也讓大家了解陳千武先生翻譯的背景、手法及特色，並且敘述他翻譯此書的心路歷程、對《星星的王子》一書的看法（陳千武先生於 1999 年曾接受過筆者的電話訪問，當時筆者正在撰寫筆者的碩士論文《《小王子》的幾個探討方向》）。

　　關於《星星的王子》，我們想知道的很多關於陳千武先生，我們也可以藉著他所翻譯的《星星的王子》知道得更多，期待這篇論文的誕生，就像我們期待陳千武先生永遠在文壇發光一樣，希望他跟星星一樣永遠地在我們的心中。

一、前言

陳千武先生翻譯的《星星的王子》（Le Petit Prince，英文為 The little prince）是國內第一本由日文翻譯過來的《小王子》（陳千武先生的譯名是《星星的王子》）。

《小王子》的中譯本很多，台灣就有四、五十種不同的版本，《星星的王子》是非常早的譯本（僅次於陳錦芳從法文翻譯過來的），所以要研究《小王子》在台灣的沿革、各版本的翻譯風格，《星星的王子》具有相當的意義。

二、《星星的王子》之簡介

《星星的王子》是法國作家 Antoine de Saint –Exupéry（聖‧修伯里）的作品，內容敘述有一個飛行員（作者自己）小時候用彩色鉛筆完成了他的第一張畫，他把傑作拿給大人看，可是大人看不懂，他又畫了一張，希望大人能夠看清楚。這回大人的反應是勸他擱下畫像，專心讀地理、歷史、算數和文法。所以他六歲就放棄了原本可能頂呱呱的畫家生涯，改學駕駛飛機（長大後）。

作者一個人孤獨的活著，因為找不到可以談心的人，直到他在撒哈拉沙漠發生飛航意外，遇見了一個小王子（星星的王子），當小王子看到作者被大人解讀成帽子的畫時，立刻表示他不要大象在蟒蛇肚子裡的圖畫，後來他非常滿意作者畫給他的盒子，因為他可以自己想像裡面就有他想要的那隻羊。我想大人和小孩之間最大的差別就是想像力與價值觀的不同，小時候我們有很大的想像空間，卻隨著年齡的增長而變小。另外，小王子是從小行星 B612 來的，這顆小行星只被一位土耳其的天文學家透過望遠鏡看到過一次而已，他曾將成果現給國際天文學會，但是因他穿著土耳其服裝，沒人肯相信他的話，直到他穿著十分高雅的服裝，重新提出說明。很多大人就是這樣膚淺地

只注重事物的外表。

　　慢慢地，作者知道有關小王子居住的星球上的一些事情：包奧霸樹的種子是很可怕的，必須在認出它們時，就立刻把它拔掉，如果星球太小而包奧霸樹太多的話，那些樹就會把星球給擠爆了。有時候，把工作拖到以後再做也沒關係，不過，如果遇到包奧霸樹的話，肯定是個大災難。

　　小王子有一朵心愛的花，他不知道如何愛她，後來便離開她去拜訪其它的小行星，第一個小行星上只住了一個國王，他把每個人都當作一樣東西，以他自己的邏輯來統治一切。第二個行星上，住了一個自負的男人，認為其他的人都是他的仰慕者。第三個星球上住著一位酒鬼，他喝酒是為了遺忘他喝酒的恥辱。第四個星球是屬於一個商人的。他認真的計算著星星，並將數目寫在紙上，鎖在抽屜裡，認為自己擁有它們，因為他是第一個想到擁有它們的人。第五個星球，真的是很奇特。它是所有行星中最小的，只有能容下一支燈柱和一個燈夫的空間而已。燈夫依規則傍晚點燈、早上熄燈，一刻也不能休息的忠於自己的工作，他認為一個人是不可能同時努力工作和偷懶的。第六個星球是上個星球的十倍大，住著一個地理學家，他和小王子談到「朝生暮死」的問題，最後，他建議小王子到地球去，於是小王子離開了，心中想念著他的花。

　　來到地球的小王子，走過了沙漠中的沙丘、岩石和雪地之後，在一個花園裡，發現自己擁有的並不是全宇宙獨一無二的花，而是一朵普通的花。因為單是這個花園裡就有五千朵長的跟他的花一模一樣的花。於是他傷心的哭泣，此時，狐狸出現了，並告訴小王子「馴養」（apprivoiser）的意義，於是小王子才了解他的花對他來說，還是世上獨一無二的，因為他曾將時間投注在他的花身上，他們的關係跟其他花是不同的。道別的時候，狐狸告訴小王子牠的秘密：「我們只有用心才能真的看見；真正重要的東西是肉眼無法看見的。」

　　「因為有一朵我們看不到的花，星星才顯得如此美麗。」「沙漠之所以美麗，是因為它在某個地方藏著一處水井。」「人們拼命將自

己擠進快速火車，卻不知道他們在尋找些什麼。」留下這些富有哲理的話，小王子回到他的星球了，而作者發現自己忘了幫小王子畫口絡的皮帶，這樣永遠也無法把口絡套到羊的嘴上。羊是否會吃掉玫瑰花呢？作者說：「抬頭仰望天空，問問你自己，然後，你就會看到每件事是如何地轉變……。」[1]

三、陳千武先生翻譯《星星的王子》的手法及特色

梁實秋在〈漫談翻譯〉一文中說道：「翻譯沒有什麼一定的方法可說，譯者憑他的語文修養，斟酌字句，使原著以它最好的方式在另一種文字中出現而已。戲法人人會變，巧妙各有不同。」[2]，陳千武先生的翻譯是採意譯，並不是照字面直譯，每個讀者對作品有不同的詮釋，譯者當然也是讀者之一，所以，若是對照原文，我們會覺得他的譯文跟原文有所出入，這是意譯不可避免的情形，至於文句較不通順的部份，因為陳先生是受日文教育，在閱讀日文版的《小王子》時，雖然能完全瞭解與欣賞作者的原意，可是卻比較不能十分貼切地將它用中文呈現出來，因為他的日文比較好。

陳千武先生的譯本很有他自己的風格（他在翻譯時加入的詮釋，使他的翻譯很有自己的特色），舉個例子來說，如原文："Car je n'aime pas qu'on lise mon livre à la légère" à la légère 是輕率地，作者的意思是不喜歡人們輕率地讀他的書，陳先生是譯成不喜歡有人躺著看這本書。躺著看書好像不太莊重的樣子，也是意味著不認真，他以自己的文字解釋了原作者的原意。

以下這段譯文是從陳千武先生的《星星的王子》中摘錄出來的，若要作對照，或許應是以日文來作比較，因為陳千武先生的《星

---

[1] 參見蘇愛琳〈小王子在台灣〉《小作家月刊》54 期，1998.10。
[2] 參見梁實秋〈漫談翻譯〉《聯合文學》第二期 第八卷，頁 12，1986.6。

星的王子》是從日文翻譯過來的（如果不是直接從原文（法文）翻譯
的話，作者的原意很可能早就在翻成日文版時失真了），但是未能取
得該日文版，所以，以下這段，筆者將原文（法文）放前面。我們可
看出陳千武先生這段譯文很流暢，文字也很貼切，讀者能很清楚地接
收到整段的意思，因為是意譯，可能讀者看第一句時就會覺得好像不
太對，我們來比較看看：Ma vie est monotone.若照字面直譯，意思
是：「我的生活是單調的。」而譯者採意譯，將之延伸為：「我每天
在做相同的事。」當然這也表達出了單調的感覺。

> "Ma vie est monotone. Je chasse les poules, les homme me
> chassent. Toutes les poules se resemblent. Je m'ennuie donc un
> peu. Mais si tu m'apprivoises, ma vie sera comme ensoleillée.
> Je connaîtrai un bruit de pas qui sera différent de tout les autres.
> Les autre pas me font retrer sous terre. Le tien m'appellera hors
> du terrier , comme une musique. Et puis regarde! Tu vois là-
> bas,les champs de blé? Je ne mange pas de pain. Le blé pour
> moi est inutile. Les champs de blé ne me rappellent rien. Et ça,
> c'est triste! Mais tu as des cheveux couleur d'or. Alors ce sera
> merveilleux quand tu m'auras apprivoisé! Le blé ,qui est doré,
> me fera souvenir de toi. Et j'aimerai le bruit du vent dans le
> blé." [3]

陳千武：我每天在做相同的事。我追逐雞，人就追我。雞都是一樣
的，人也都是一樣的，這真使我感到無聊。但假使你跟我相
好，我就可以像在太陽之下過著溫暖的生活。聽到腳步聲也
會和過去腳步聲不一樣。我聽到了他人的腳步聲，我會藏在

---

[3] 參見聖‧修伯里著、阮若缺譯《小王子》天肯文化出版有限公司，頁 5，
1998.3。

洞穴裡，然而若聽到你的腳步聲，我會感到像聽音樂那樣從洞穴裡跳出來。還有，你看看那邊的麥田吧。我不吃麵包，麥對我是沒用處，所以我看到麥田，都沒什麼可回想，反而會感到憂悶起來呢。啊！你那金色的頭髮真漂亮，如果，你跟我做了好朋友，我會覺得你的頭髮更美呵。看到金色的麥穗便會想到你，而且看看風吹過麥田上也會覺得很高興哩……。⁴

我們再來看一段陳千武先生的譯文，這段主要是對話：

王子踏入星星，便向點火者敬禮說。
「午安，為什麼剛才弄熄了街燈？」
「遵照命令，喲，早安。」點火者那麼回答。
「甚麼命令？」
「是弄熄街燈的命令。喲，晚安。」
點火者那麼說著，又把街燈點火。
「可是，為甚麼又點了火？」
「遵照命令的。」點火工回答。
「我真不瞭解。」王子說。
「不管瞭解不瞭解，命令就是命令。喲，早安。」
點火者那麼說著，又把街燈弄熄。
之後，拿出紅格子的手帕擦汗。
「不論如何，這真是麻煩的工作。過去這個工作還算有條理的。早上熄火，黃昏就點火，白天可以休息，夜晚可以睡覺……」
「那麼，以後命令改變了？」

---

4 參見聖‧修伯里著、陳千武譯《星星的王子》田園出版社有限公司，頁 2-3，1969.9。

「命令並不改變。因為命令不改變才麻煩，啞巴吃黃蓮。星
星一年比一年轉得快，命令卻不改變。」
「然而？」
「然而，就是這樣，現在這顆星星一分鐘轉一圈。我這個工
作，一秒也無法休息呢。每一分鐘都要點一次火，熄一次
火。」
「真奇怪，一分鐘就是一天。」
「毫不奇怪，你來這裡，我們已經談一個月了呢!」
「一個月？」
「是的,,三十分，就是三十天。喲，晚安。」
點火工又把街燈點了火。[5]

我們可以看出上面這段對話譯得非常簡潔，文意的表達很清
楚，充分表現出陳千武先生譯文的優點……。

《星星的王子》一書的一些譯名跟其他的譯本有很大的不同，例
如作者的名字絕大多數都譯成「聖‧修伯里」，此書是譯成「桑‧迪
克儒柏里」我們很容易瞭解到譯者是採音譯的方式，至於內容方面，
可能是受日文影響，有些句子讀起來並不太順[6]，翻譯部份陳千武先
生用了較大的空間來發揮，有部份內容與原文有些許的出入[7]不過，
在六〇年代，此譯本的出現已是難能可貴了。

初看到「於是，我不得不選擇其他的職業，學會了駕駛飛機的

---

[5] 參見聖‧修伯里著、陳千武譯《星星的王子》田園出版社有限公司，頁 51-
53，1969.9。
[6] 「於是，我不得不選擇其他的職業，學會了駕駛飛機的技術，全世界所有的
地方，恰好，地理對我很有用處。」參見聖‧修伯里著、陳千武譯《星星的
王子》田園出版社有限公司，頁 2，1969.9。
[7] "Car on peut être, à la fois, fidèle et paresseux."作者譯為「人就是，認真工作的
另一方面，極為懶惰的。」參見聖‧修伯里著、陳千武譯《星星的王子》田
園出版社有限公司，頁 53，1969.9。

技術，全世界所有的地方，恰好，地理對我很有用處。」[8]這段話時，我們會覺得怪怪的，但是反覆閱讀，這段話又讓人有一種詩的語言的感覺。

在眾多版本中，有一些譯名在《星星的王子》一書中是獨具風格的，例如人名 Léon Werth 譯作「龍偉特」，rosier 多數版本都譯成「玫瑰」，此譯本是譯成「薔薇」，sujet 譯成「家臣」，éphémère 譯成「空幻」……。這些不同的譯名帶給讀者不一樣的閱讀效果，同時也代表譯者自己的風格，讀者若抱著欣賞的角度來看待，相信更能體會譯者的用心。

經過了這麼多年，再回頭看當年翻譯的《星星的王子》，陳千武先生一定有許多感觸，日據時代，他以日文創作，戰後重新學習中國語文，以中國語文創作現代詩、小說、文學評論，一生致力於現代詩的寫作與兒童寫詩的推廣活動，曾經擔任台灣省兒童文學協會首任及第二任理事長，出版有詩集、小說集、評論集、兒童文學集多種，曾獲吳濁流小說獎、台灣榮後詩人獎、洪醒夫小說獎、笠詩翻譯獎、國家文藝翻譯成就獎、日本翻譯家協會協會翻譯特別功勞獎等。[9]

四、訪問陳千武先生

兒童文學作家洪志明曾訪問過陳千武先生，並發表文章於國立台東師院兒童文學研究所的兒童文學學刊中，篇名是〈拜訪兒童詩的推手─陳千武先生〉其中，有部份提到《小王子》，陳千武先生說：「我曾經翻譯過一本法國飛行員迪克儒伯里的作品《星星的王子》，他在寫作時便是基於孩子的立場、以孩子的口吻、孩子的經驗、孩子

---

[8] 參見聖·修伯里著、陳千武譯《星星的王子》田園出版社有限公司，頁 2，1969.9。

[9] 參見洪志明〈拜訪兒童詩的推手──陳千武先生〉《兒童文學學刊》，頁 209，1998.3。

的觀點、孩子所能瞭解的語句，來描寫自己在天上飛行的經驗以及幻想。他的目的就是要以孩子的觀點出發，寫出孩子能明瞭的作品。孩子有孩子的原始思考，成人有成人的原始思考，我們應該尊重他們的原始思考，回復他們的想法，以他們的思考方式來寫作，這樣才能真正的為孩子抒發心聲。」[10]

提到曾經翻譯過《星星的王子》這本書，洪志明請陳千武先生比較一下法國兒童文學和台灣兒童文學的異同，陳千武先生表示：「《星星的王子》這本書，作者乃是把自己的想法、思考、語言等都回復到孩子的想法、思考、語言來寫作，而現階段台灣大部份的兒童文學作品，作者寫作時，大都基於成人要寫給兒童閱讀的立場來寫作，能回復孩子的想法的並不多。」[11]

民國八十八年陳千武先生接受筆者的電話訪問，當時的他雖然已經七十八歲了，可是電話中的笑聲依然朗朗，而且國語說得非常好，談到翻譯《星星的王子》的心路歷程時，陳先生表示當初是他的日本朋友寄了一些日文的兒童文學作品給他，其中包括了《小王子》和《杜立德先生到非洲》，他看了以後很喜歡，覺得《小王子》充滿了詩的語言，極具文學價值，就把它翻譯出來，恰好當時台大哲學系的主任趙天儀先生也很欣賞這本書，於是就交給他的田園出版社出版，至於銷售數量如何他並不知道，也沒有去關心這種問題。

陳千武先生提到日本有一位作家將《小王子》受歡迎的現象寫成評論集，讓人瞭解為何《小王子》這麼受歡迎。在被問及日文版《小王子》的翻譯品質時，陳千武表示，日本的翻譯是很專業的，翻得很流暢，有將作者的意思表達出來，而他本身在翻譯時也沒想很多，只是因為喜歡，自然就把它翻譯過來了，他覺得作者以一個小孩的口氣來說話，很像詩的語言。

---

[10] 參見洪志明〈拜訪兒童詩的推手——陳千武先生〉《兒童文學學刊》，頁211-212，1998.3。

[11] 同上，頁212。

　　當初被《小王子》吸引，乃是覺得他的內容非常好，很有價值，不像有的書只有詞藻華麗卻空無一物。《小王子》除了具有文學之美，難得的是，對小孩子們也頗具啟發作用，書中小王子探究事物、問問題的精神是值得成人們學習的，這不只是一本給孩子的書，它也邀請大人們一起來欣賞。所以，陳千武先生在寫給家長的後記中說道：「　作者把細小的場面，不用說教式的道理，寫成可愛的故事。在此我們把它翻譯成中文本，僅請各位家長轉給小朋友們，希望小朋友們和大人們並肩一起來看這一本童話。」[12]

五、結語

　　有人說寫文章要先感動自己才能感動別人，翻譯工作也是如此，譯者必須先喜歡這本書，才能將書譯得好（至於翻譯風格則是另外一回事，譯者的中文造詣、寫作風格、翻譯裡念都有決定性的影響）。陳千武先生雖然深深喜愛《小王子》，也覺得其閱讀的日文本翻譯的很好，有將《小王子》的精髓翻譯出來，但是礙於自己本身受日文教育，中文造詣不夠深，他無法很貼切地將他所感受的《小王子》翻譯成中文，雖然他的譯本有一些句子不夠流暢，但是我們還是肯定它的價值。希望陳千武先生永遠在文壇發光，就像星星的王子一直活在我們的心中一樣。

參考文獻

一、聖・修伯里之著作

聖・修伯里著、陳千武譯　《星星的王子》　田園出版社有限公司
　　1969.9

----

[12] 參見聖・修伯里著、陳千武譯《星星的王子》田園出版社有限公司，頁104，1969.9。

聖・修伯里著、陳錦芳譯 《小王子》水牛出版社 1986.9

聖・修伯里著、姚文雀譯 《小王子》 晨星出版社 1994.4

聖・修伯里著、阮若缺譯 《小王子》 天肯文化出版有限公司
 1998.3

聖・修伯里著、莫渝譯 《小王子》 桂冠圖書股份有限公司 2000.11

二、有關小王子之論述

蘇愛琳 〈小王子在台灣〉 《小作家月刊》 1998.10

蘇愛琳 《《小王子》的幾個探討方向》 1999.6

三、其他論述

梁實秋 〈漫談翻譯〉 《聯合文學》 第二期 第八卷 頁12 1986.6

洪志明 〈拜訪兒童詩的推手─陳千武先生〉 《兒童文學學刊》 頁
 207 1998.3

陳千武的兒童詩論

徐 錦 成

摘 要

　　陳千武為台灣重要兒童詩人，亦曾為文評論兒童詩，《童詩的樂趣》一書（1993，台中縣立文化中心）是他較完整的兒童詩論的呈現。此外，陳氏亦有未結集的兒童詩評論及演講紀錄等。我們可說陳氏既是詩人，亦是詩論家。

　　詩人有創作經驗，對詩自然會有看法。陳氏曾幾度透過演講或撰文，自述其兒童詩觀。然而，這並不表示他的詩觀、詩論大家已經清楚，沒有再檢討的必要。

　　本文爬梳陳氏的兒童詩評論文字，重構陳氏的兒童詩理論。尤其對陳氏的「詩三要素」及「心象」（image）一詞的使用予以闡述、商榷。結論並省思陳氏兒童詩論在台灣兒童詩理論批評史之定位，呼籲重新發掘陳氏兒童詩論中的見地，予以運用、發揚。

一、前言

陳千武，本名陳武雄，另一筆名為桓夫。一九二二年生。他是當代台灣文學大家，著作豐富、文類多樣，橫跨成人文學與兒童文學。僅就兒童文學而言，陳氏涉足的文類即包含童話、少年小說、兒童故事（包括民間故事及神話傳說）、兒童詩及評論等。

關於陳氏文學的研究，就像他的作品一樣多采多姿。這篇文章，想集中討論陳氏的兒童詩評論。陳氏的兒童詩評論，量不算大，論述結集者僅有《童詩的樂趣》一書。平心而言，亦較缺少話題性。因此，多年以來兒童詩界並未將他視為重要的詩論家，更少有對於陳氏兒童詩論的討論。[1]

然而，筆者以為陳氏的兒童詩論相較於其他詩論家，仍有兩點值得特別注意。

第一，陳氏論詩，有所謂的「三要素」——創新、批判和哀愁。

第二，陳氏喜用「心象」一詞指稱約定俗成的文學批評術語「意象」（image）。

筆者認為，從這兩點入手，較能看清陳氏兒童詩論的特色。下文將就這兩點予以申論。

二、詩的三要素——創新、批判與哀愁

在〈詩的要素〉一文中，陳氏這樣說：

---

[1] 趙天儀的〈論詩人桓夫及其作品——時間的對決〉及〈陳千武的詩與詩論——現實經驗的藝術導向〉二文雖都提到陳氏的兒童詩論，但皆一筆帶過，未能深入分析，蓋二文立意本非在此之故。此外，筆者《台灣兒童詩理論批評史：1965~2003‧第五章第三節》亦對陳氏有所討論。

> 無論是童詩或現代詩，詩的要素是不可缺少的，不然就不
> 是詩。那麼詩的要素有那幾種呢？一般認為詩的要素是
> 「創新」、「批判」和「哀愁」等三種。
> 詩具有「創新」，才能給讀者得到驚訝的感覺，亦即是作
> 者的思考，給人一種意想不到的衝擊。
> 詩具有「批判」的要素，是客觀的，大都以揶揄、諷刺帶
> 有幽默的意味，或者以詼諧的表現，給人感到醒悟、自覺
> 的知性效果。
> 詩具「哀愁」的要素，是抒情的，表現感性和韻律、節奏
> 配合的美，給人無限溫柔的感覺。[2]

　　「創新」、「批判」和「哀愁」這三要素，是陳氏詩論中相當重
要的觀念。

　　對於「創新」說得最清楚的一段文字，見於〈詩是什麼〉一
文：

> 很多小朋友喜歡用比喻寫詩。但是要知道人家用過的比喻
> 就不能再用。因為只有第一次寫出沒人用過的比喻，才會
> 給人新鮮的感受，才算是詩。第二次使用同樣的比喻，讀
> 者不感新鮮，就不能算是詩。所以詩必須要新，有創新才
> 能使讀者感到驚訝。創新的驚訝，就是現代詩重要的要素
> 之一。[3]

　　陳氏的意見乍看之下無甚特殊之處，但無可諱言，兒童詩教學
中，許多教師為求兒童快速上手，鼓勵學童「模仿」。學童寫兒童
詩，若能參照現有的名詩佳句依樣畫葫蘆，往往能獲得教師、甚至詩

---

[2] 見《童詩的樂趣》，頁 21。
[3] 見《童詩的樂趣》，頁 8。

刊編輯的讚賞。對於兒童的創作，我們往往不會苛責其中帶有「抄襲」之嫌的部分。但陳氏對此甚不以為然。他認為：

> 模仿人家寫過的東西，嚴格地說，都不是詩。用比喻寫
> 詩，很容易模仿。譬如下面的詩語：
> ※我是一枝瘦小細長的鉛筆，穿了五顏六色的新衣裳。
> ※雨滴是個搗蛋鬼。
> ※晚霞小姐最愛漂亮
> ※妹妹的頭髮像田裡的稻草，像樹上的鳥窩，像瀑
> 布……。
> 等等都是人家常用的比喻，沒有作者獨自思考的內容意
> 義，已經不感動讀者。
> 希望小朋友不要模仿這種句子來寫詩，必需寫出自己的心
> 聲。面對著前面說過的那麼多題材，仔細地觀察，表現個
> 人的心聲、提出獨自的看法、有思考的內涵，才會寫出自
> 己的詩。[4]

　　陳氏無疑是苦口婆心的，但事實上陳氏所舉的幾個模仿的例子，正是台灣兒童詩最常見的「佳句」！從這個角度看，陳氏論兒童詩首重「創新」，就不僅是原則性的提示，更且具有時代意義了！
　　而所謂「批判」，陳氏在〈批判的詩〉一文中如此詮釋：

> 寫詩必須客觀，詩的客觀性十分重要。因為能保持客觀，
> 才能具備有理智的批判，來處理自己的感情，以及批判自
> 己周圍環境的美與醜，寫出知性的詩。英國有名的現代詩
> 人艾略特也說過：「詩是批評」，可見批評就是詩重要的
> 要素之一。

---

[4] 見《童詩的樂趣》，頁 8~9。

我們寫批評的詩，必須把詩的主題放在批評的知性行為
上，讓讀者讀起來會感受理智的快感，而不會感到討厭或
憤怒才好。一般批評人家都容易受到被批評的人的怨恨。
如果您寫批評的詩，直接受到被批評人的怨恨或生氣，那
就不是詩了。批評的詩比抒情的詩更需要具優美的詩意，
或說要有詩表現的技巧。這種技巧就是要用巧妙的諷刺，
包括揶揄、諧謔、機智、加以令人感到深刻且具有輕鬆的
幽默感表現的內容。由於含有輕鬆的幽默感，才會使讀者
感到醜惡，而樂於接受理智的美，得到知性美的醒悟。批
評就是要給接受批評的人得到醒悟，才算是批評的功效。[5]

「創新」和「批判」這兩個概念無甚關聯，但陳氏論詩，卻能將
之相提並論。在〈環境污染的詩〉一文中，陳氏如此批評台中國小六
年級陳仲竹小朋友寫的〈地球生病了〉[6]一詩：

「地球生病了」這一句話就是作者創新的語言。寫詩是要作
者發現新的事象寫成語言，或發明新的語言表現事象，給
人得到新的感受的一種精神活動的作業。這一首詩除了
「地球生病了」一句新創的語言，給人感動之外，還有最後
二行「聰明的人們卻搞不清楚／這是誰的錯？」提出了批
評的意義，是作者積極追求真理的表現，具現代詩要素之
一的批判性，成為這首詩的主題。
因為有了「創新的語言」和「批判的主題」，這首詩才可
以說是給人感動的好詩。[7]

---

5 見《童詩的樂趣》，頁 57。
6 該詩全文為：「水源髒了／空氣髒了／大地髒了／地球生病了／草木低頭／魚
蝦暈頭／人們直搖頭／但是／聰明的人們卻搞不清楚／這是誰的錯？」，見
《童詩的樂趣》，頁 79~80。
7 見《童詩的樂趣》，頁 80~81。

至於「哀愁」的解釋，以〈詩的感觸〉一文說得最詳盡：

> 說詩要有詩意。詩意就是詩內容表現的意象，也說心象。
> 但是，意象或說心象又是什麼呢？簡明地說，那是語言所
> 表現的現實與想像互為交錯的感觸。因為是交錯的感觸，
> 似現實又不是現實，說想像又不是完全屬於想像的感觸。
> 換句話說：是一種令人感到心理（按：應作「心裡」）癢
> 癢的，有抒情美的陶醉感，也就是一種哀愁的感覺，一般
> 稱為「美的感動」。
> 詩有沒有詩意，等於就是指有沒有「美的感動」而言。而
> 所謂「美的感動」不是很難找到，很難碰到的。我們在現
> 實的生活中，常常會有夢想，或有意追求理想，而以我們
> 的想像或理想把現實的事實美化了的時候，心裡就得到一
> 種優美的感觸，把這種感觸寫出來就是詩了。因為有抒情
> 美的陶醉感，有美的感動，看了這樣的詩，一般都說很有
> 詩意，就是與散文的感動完全不一樣的感觸。[8]

　　但我們或許會有一個疑問：陳氏所謂的「批判」和「哀愁」，
與我們習見的「知性」和「感性」，究竟有何差別呢？關於這一點，
陳氏曾接受《中工青年》的採訪，訪者提問「詩是否一定要同時具有
感性和知性？」陳氏的回答是這樣的：

> 感性和知性二者能夠平衡的詩最好，這在現代詩是重要的
> 一點。像划船一樣，太過於感情，船會被急流流走，太過
> 於理智，船停止在不流動的水上。感性具有抒情的哀愁
> 感，使語言現出美。知性具有批判的意義性，使詩現出深

---

[8] 見《童詩的樂趣》，頁 83。

刻的內涵。二者同為詩具備的要素，是重要的要素。[9]

　　從陳氏的回答看，他的「批判」和「哀愁」與我們習見的「知性」和「感性」，應只是用詞上的差異，內涵是一致的。

　　綜上所述，可知「詩三要素」確是陳氏詩論的重要見解。無怪乎在另一次接受《師院文粹》的訪問中，當問者提出「一首好的現代詩應具備什麼條件？」這樣的問題時，陳氏的回答是這樣的：

> 詩是批評、詩是哀愁。這種說法等於就是說明了詩具備的要素。無論如何，詩與其他藝術一樣，必需創新。創新才能給人意想不到的感動，是主要的條件。批評是知性的表現，造成詩內容的重要質素。哀愁是具感性的抒情表現，也是詩不可缺的重要質素。所以說「創新、批評、哀愁」就是其應具備的條件。[10]

　　而若將陳氏的「詩三要素」作一整理，我們可以歸納出這兩點：
第一：詩貴創新。
第二：詩必須兼具感性與知性。

三、Image：意象／心象

　　英文 image 一詞，涵義甚廣，既可指實體的肖像、塑像、相似物，亦可指非實體的影像、映像；在抽象思考上，則與概念、觀念同義。[11] 這個字後來被新批評學派廣泛使用，成為文學批評術語，中文

---

[9] 見〈詩的問答〉，《詩文學散論》，頁287。

[10] 見〈詩的問答〉，《詩文學散論》，頁296。

[11] 如 He is the very image of his father，他像極了他父親；這是指實體。如 the images in the water，水中的影像；這是指非實體。如 the Frenchman's image of America，法國人對美國的概念；這是抽象的觀念。

一般翻譯成「意象」。

　　陳氏談到 image 一詞時，並不排斥「意象」的譯法，但他亦常譯為「心象」，這是較特殊之處。但不論「意象」或「心象」，其實都是中國固有的語詞，並非外來語。《文心雕龍・神思篇》即有「獨照之匠，闚意象以運斤」之說，意思是「有獨特見解的工匠，憑著意象來進行創作」。這與現在我們使用「意象」一詞來做文學批評時的意義，並未有所變化。至於「心象」，如溫庭筠五律〈李先生別墅望僧舍寶剎因作雙韻聲〉：「棲息消心象，簷楹溢艷陽。」「心象」在此意指心事。而在日文裡，image（イメージ）一詞的漢字便是「心象」，亦可讀為しんしょう（シンショー）。眾所週知，陳氏精通日文，若說陳氏的「心象」一詞乃借用自日文的詞彙，也不令人意外。話說回來，現今在文學批評中，image 一般雖翻成「意象」，但譯為「心象」亦偶爾可見[12]；而在心理學中提到 image，則通常譯為「心象」，而非「意象」。[13] 是故，以「心象」一詞指稱 image 雖非慣例，但亦決不是陳氏自鑄偉詞、獨此一家。

　　然而，陳氏如何解釋「心象」呢？前引〈詩的感觸〉一文，闡述甚詳，可以參看。而在〈知性的詩〉一文中，陳氏又說：

　　　　有時候知性的詩是據於突發性的機智產生。作者從平常的

---

[12] 如廖淑芳碩士論文《七等生文體研究》（1990 年 6 月，成功大學歷史語言研究所）第三章〈七等生文體特色——措辭篇〉中有這麼一段：「思想遠比語言文辭為龐雜，當我們閤起眼睛追憶某人的相貌、表情、行動、衣著，於是一個個栩栩鮮明的形象浮現了。這種心象（image）是很難用語言文辭加以完善表達的。」

[13] 如何秀煌〈概念與心象——心靈事物的哲學研究之一〉一文對「心象」的解釋是：「當我們回憶以往快樂的時光，想起朋友甜美的笑容的時候，我們隱約『看見』友人在往事中的形像浮現心中。這樣的『看見』當然不是通過視覺感官所產生的印象；這時的友人的形像也不是一般進入我們眼廉為我們視覺感受的形影。這類浮現在我們內心裏的形影或圖象，我們稱之為『心靈圖象』，簡稱『心象』。」

思考當中，突然很敏銳而機警的捕捉到詩的心象，把它寫出來，會成為一首創新的、令人驚訝的詩。這是作者從日常性客觀的觀察所積存下來的知性思考裡，抓到了的詩思，絕不是從空無、無為之中產生的機智。[14]

至於陳氏如何以「心象」一詞從事實際批評，且讓我們舉兩個例子來看。第一個例子是林美仙小朋友所寫的〈蚊帳〉[15]。陳氏認為：

這首詩只有四行，句子很簡單。作者睡在蚊帳裡，感到蚊帳像一朵雲，把現實的蚊帳和想像的天空的雲，交錯在一起，而感覺自己在天空飄著，給人一種溫柔飄盪的感觸。由於比喻切實，有象徵的現實性與新抒情的感性，短短幾句就顯出了優美的心象，可以說是有詩意的作品。[16]

第二個例子是日本小學三年級的諸岡英明小朋友所寫的〈黃金的馬〉[17]。陳氏對這首詩的看法是：

這首詩是據於作者豐富的想像力寫成的。一見詩裡的事象都是想像的東西，但是仔細再看，卻是以比喻的想像與現實的事象交錯的感觸表現的心象。我們可認為「黃金的天

---

[14] 見《童詩的樂趣》，頁62。

[15] 該詩全文為：「蚊帳好像一朵雲／我睡在蚊帳裡／好像睡在雲上／在天空飄著」，見《童詩的樂趣》，頁84。

[16] 見《童詩的樂趣》，頁84。

[17] 該詩全文為：「黃金的天馬　不管什麼地方都去／黃金的天馬　在海裡／而當嬰兒出生時／發出會把我的眼睛弄瞎的光／我看看嬰兒／那竟是彩虹色的天馬／黃金的天馬把它給了我／我乘著彩虹色的天馬　飛在天空／潛入海裡／用珍珠給它作了項鍊」，見《童詩的樂趣》，頁86。

馬」就是太陽。在我們所住的地球，什麼地方都可以看得
到，所以作者第一行說：「黃金的天馬，不管什麼地方都
去」，在第二行說：「黃金的天馬，在海裡」，可視為黎
明太陽從海裡一步步躍出來的情況，作者把它想像為嬰兒
出生。而太陽的嬰兒出生的時候，會發出弄瞎眼睛的光，
那強烈的光「竟是彩虹色的天馬」。「黃金的天馬把它給
了我」，作者得到了太陽的嬰兒一匹「彩虹色的天馬」，
完全是從黎明新鮮的陽光引起的想像，想像自己乘著彩紅
色的天馬，飛上天空，潛入海裡，且採取海裡的珍珠做天
馬的項鍊，這是新奇而美麗的想像，絕不是幻想或空想，
在現代的科學上，飛天、潛海，早就有了。所以這首詩就
是把日出現實的情景，配合想像交錯的感觸，寫出美麗的
詩意的詩。[18]

綜上所述，可知陳氏所謂的「心象」與我們習知的「意象」雖
無本質上的不同，但陳氏解詩特別強調「語言所表現的現實與想像互
為交錯的感觸」、「比喻的想像與現實的事象交錯的感觸」，如此解
詩，比一般泛談「意象」更具體一些。我們不能說「心象」是陳氏獨
特的創意或發明，但從陳氏慣用該詞一事，似乎也可窺見陳氏選
詩、評詩的品味。

四、結語──兼談陳千武詩論在台灣兒童詩理論批評史中的定位

陳氏曾長期主編台中市《兒童天地》雜誌中的「兒童詩園」專
欄，他曾自述：「十八年有一八○期的《兒童天地》雜誌，至少也刊

---

[18] 見《童詩的樂趣》，頁 86~87。

登了七百多篇的兒童詩創作,數量相當可觀。」[19] 以此成績,陳氏堪稱台灣當代重要的兒童詩選家、詩編輯而無愧。

但很可惜,做為一個兒童詩評家,陳氏僅有一部《童詩的樂趣》及零星幾篇詩評問世。而陳氏的兒童詩理論,多年來並未受到重視。「詩三要素」可說是他最具體的主張,而「心象」一詞的使用亦使陳氏兒童詩論別具一格。然而,若我們將陳氏兒童詩論放在台灣兒童詩理論批評史的架構中檢討,可以發現,陳氏兒童詩論竟彷彿是孤立的。說得具體一點,我們找不到陳氏兒童詩論的追隨者、擁護者。[20]

但之所以如此,其實也不難解釋。

陳氏所謂「詩三要素」:創新、批判與哀愁。完矣、備矣,但說實話,有何「創新」之處嗎?如果有另一位兒童詩批評家以此三要素評論兒童詩,若他不說他的意見來自陳氏,有人能發現、能抗議嗎?至於「心象」一語雖說別出心裁,但由於「意象」畢竟已獲普遍使用,無人呼應陳氏,亦非難解之事。

陳氏是台灣文學界的大家、大老。他的文學成就是多方面的,但這不表示他樣樣精通,就他所涉足的各式文類來看,他的兒童詩論恐怕是較弱的一環。但,這當然不影響他的整體文學成就。

而筆者辛苦爬梳陳氏兒童詩論撰寫本文,亦非想以此作結。筆者毋寧希望,讀者能透過本文重新反省陳氏兒童詩論,發掘他詩論中的見地,進而予以運用、發揚。如此,他日我們回顧台灣兒童詩理論批評史,或許就能將陳氏兒童詩論作一較明確的定位。

參考書目

何秀煌 〈概念與心象——心靈事物的哲學研究之一〉 收入氏著《哲

---

[19] 見《童詩的樂趣》,頁 177。事實上陳氏選詩、編詩的數量決不止於此,惜無文獻可徵。

[20] 參見筆者《台灣兒童詩理論批評史:1965~2003·第五章》。

學智慧的尋求》 頁 169~200 台北：東大圖書股份有限公司 1981. 4

邱各容 〈中部兒童文學的舵手——陳千武〉 收入氏著《播種希望的人們——台灣兒童文學工作者群像》 頁 44~48 台北：富春文化事業股份有限公司 2002. 8

洪志明 〈兒童詩的推手——陳千武專訪〉 收入林文寶主編《兒童文學工作者訪問稿》 頁 53~73 台北：萬卷樓圖書有限公司 2001.6

徐錦成 《台灣兒童詩理論批評史：1965~2003》 彰化：彰化縣文化局 2003.9

陳千武《童詩的樂趣》 台中：台中縣立文化中心 1993.6

—— 《詩文學散論》 台中：台中市立文化中心 1997.5

—— 《詩的啟示——文學評論集》 南投：南投縣立文化中心 1997.5

—— 〈台灣兒童詩的發展〉 收入陳千武等著《第四屆「兒童文學與兒童語言」學術研討會論文集》 頁 5~12 台北：富春文化事業股份有限公司 2000.10

趙天儀 〈論詩人桓夫及其作品——時間的對決〉 收入氏著《時間的對決——台灣現代詩評論集》 頁 13~25 台北：富春文化事業股份有限公司 2002.5

—— 〈陳千武的詩與詩論——現實經驗的藝術導向〉收入氏著《時間的對決——台灣現代詩評論集》 頁 59~84 台北：富春文化事業股份有限公司 2002.5

廖淑芳 《七等生文體研究》 碩士論文 台南：成功大學歷史語言研究 1990.6

烈日與暖陽
——談陳千武和他的少年詩

陳秀枝

摘　要

　　五〇年代是省籍作家開始積極寫作，登台亮相的一個階段。在此階段，跨越時代，由使用日文轉變為使用國語說話，並進一步，將所思所見的以華語來呈現小說，現代詩，這些前輩戮力創作發表的。其中，陳千武先生，是創作量與質兼具的一位。

　　陳先生在戰後長期自習華文，一九五八年常是以華文寫作，小說和現代詩成績斐然；一九六四年參加笠詩社，並為詩社創刊發起人之一；陳先生寫作不斷並提倡兒童詩創作，在他擔任文英館館長任內，積極辦理教師的兒童文學創作營，自己也創作童詩。

　　陳先生的少年詩（陳先生認為成人寫給兒童看的叫少年詩），字裡行間充滿著濃濃的感情，念他的詩，好像看到他本人在身旁一般親切。他鍾情於文學，深知文學紮根的重要，所以熱心推動兒童文學：舉辦和參與相關活動、也把誠摯的情懷化為字字珠璣。他的少年詩延續的他現代詩的精練、詩人的自覺、熱愛自己與鄉土，使我們「悅」讀之後除了有些愉悅，還有所沉澱，覺得詩裡有東西。

　　陳先生的少年詩，在形式方面：一、文字少有孩童稚真的口頭語，像「超ㄅㄧㄤˋ」、「粉美」、「帥斃了」。二、多數是字數較多、段落較多的詩。在內容方面：一、生活的再現，仔細體物生活，並用心思考週遭每一物的存在，二、自我的探索，三、散發暖暖的陽光。

一、前言

陳千武先生出生於日治時代，跨越了被統治和民主的兩個時代的詩人。他從應用日語寫作，到被禁用日語，再重新學習國語，並練習用國語創作新詩、小說、民間故事、散文、評論和翻譯等文類作品。他堅持奮鬥與積極努力的精神，實在令人敬佩。尤其可貴的是，他除了創作現代詩，還保留真摯的赤子之心，為兒童寫詩、大力推展童詩徵文、童詩童畫徵選與展出，兒童文學創作研習，熱烈參與各種文學活動，並從事與日韓的創作交流。在台灣的文學園地，功不可沒。

陳千武先生的現代詩，別豎一幟，已有先進研究，筆者就不再多著筆墨。縱觀陳千武先生參與的文學活動，推廣童詩創作的心靈志業，是他念茲在茲的。因此，筆者想談談陳千武先生的少年詩創作風格及少年詩觀，讓大家更親近二十一世紀裡跨越時代、見證二次大戰的詩人。

因為陳千武早年置身在日本統治、中年處於中華民國戒嚴時期，到老年才嚐到思想解禁的滋味；也因為陳千武的獨立思辯的人格，因此他的現代詩常有反抗思想，直到晚年為兒童寫詩，才又回到孩提稚真的情懷。欣賞他的少年詩，可能有些人覺得不是十分簡易，可以說他似烈日般的精神生活，在回首為兒童寫詩時，又化作暖暖的陽光流洩於字裡行間。

二、陳千武的少年詩 [1]

(一) 陳千武的生平概述 [2]

陳千武本名陳武雄，另有一個常用的筆名「桓夫」。詩人在日治時期發表日文詩做時用「陳千武」或「千衣子」的筆名；有時，也用其他筆名。在五〇年代重新使用中文寫詩，仍用「陳千武」發表。後因政治因素，改為「桓夫」。後來，詩人寫詩採用「桓夫」之名；發表小說、評論、散文就用「陳千武」。

陳千武，一九二二年五月一日，生於南投縣名間鄉弓鞋村，該村居民以務農為主。但，陳千武的父親，是陳福來，擔任民間庄役場農業技士，母親吳甘，是南投望族。陳千武先後，就讀台人受教育皮子寮的公學校、日本人接受教育的「南投小學校」。一九三五年三月，陳千武考入台中一中。一九四一年三月，陳千武從台中一中畢業，進入台灣製麻會社豐原工廠做工。陳千武不習慣控制擺弄同是台灣人的勞動者——苦力，隔年到堂兄的製米工廠幫忙。

一九四二年到一九四四年，陳千武從「台灣陸軍特別志願兵」、「台灣第四部隊」到「野戰部隊」，經歷了南太平洋的戰爭生活。在一九四四年五月退伍後，隔年進入林務局，一九四七年結婚，一九五八年，陳千武辛勤學中文後，在《公論報藍星詩頁》發表第一首中文詩〈外景〉。之後，陸續在報刊雜誌發表詩作、散文、評論及翻譯。到了一九七三年，陳千武擔任台中政府庶務股長，幫忙「兒童天地」的編輯工作，並推出童詩評論的專欄，推動童詩的鑑賞與創

---

[1] 少年詩一語出自日本兒童文學界，見趙天儀《兒童文學與美感教育》頁 56。
趙天儀說：「這幾年來，日本兒童文學界把兒童寫的詩叫少年詩。

[2] 見陳靜玉《陳千武及其現代詩》國立高雄師範大學 90 年國文系教學碩士論文頁 5。

作。一九七六年，陳千武榮任台中市文化中心主任，在任內推動各項文化活動。其中，「兒童詩畫」徵選、「兒童文學創作研習營」、各種文學講座等，對於童詩的推廣，不遺餘力。

一九八八年，陳千武卸下公職。退休後，他的生活更忙碌、更充實。參與「亞洲詩人會議」、負責《笠》詩刊業務、擔任「台灣省兒童文學協會」理事長、駐校講學、主持各種文藝講座。陳千武秉持對文學的熱愛，永不放棄文學的推廣與寫作。

(二) 陳千武的少年詩

少年詩是指成人寫給兒童看的詩，用兒童易懂、容易引起共鳴的文學語言寫成的作品。少年詩，一語出自日本兒童文學界，在台灣，有些學者、作家也如此認為，像趙天儀、陳千武、林鍾隆……等都是。筆者綜合各家說法，採用：少年詩是指成人寫給兒童看的詩；兒童詩或童詩是兒童創作的詩。如此一來，在研讀及教學時，就不會發生作者是成人或兒童的疑問。

對於，童詩該寫些什麼？陳千武指出：童詩要寫什麼？這是題材的問題。凡是在兒童身邊周圍的事、物、景、象，都可以納入為詩的題材；而從詩的題材，尋覓所感受的主題，明顯地表現。大體，童詩的題材，可以設定為「自然」、「家庭」、「學校」、「夢」四大類。[3] 陳千武致力創作現代詩，現代詩集蠻多，但是為兒童寫的少年詩，就寥寥可數，筆者就蒐集到的陳千武的詩作，選出具有童心、童趣的少年詩十首：〈星星〉、〈天空的舞會〉、〈螢火蟲〉、〈地球〉、〈餘暉〉、〈相簿〉、〈氣象報告〉、〈小白兔〉、〈時間〉、〈嫦娥〉等。

〈星星〉、〈天空的舞會〉、〈螢火蟲〉、〈地球〉、〈餘暉〉是屬於「自然」方面的題材；〈相簿〉、〈氣象報告〉、〈小白兔〉是屬於寫「家庭」方面的題材；〈時間〉是寫「學校」方面的題材；

---

[3] 見陳千武著《童詩的樂趣》台中縣立文化中心編印，頁 21、122。

〈嫦娥〉批判社會現象的題材。（要將作品分類，是有點不妥，有些詩作涵蓋好多層面，不只是某一方面的題材而已。）藉著孩子身邊的景、象、事、物，詩人揣度孩子的感受，寫出自己的看法。

1.天空的舞會

> 喜歡吹口哨的天空／邀我們放風箏
> 風箏從草原上／飛上天／卻搖搖擺擺／墜了下來
> 啊！天空／把口哨吹大一點吧／風箏高興地／又飛上天／
> 直直直直／一直飛上了
> 哇！好多風箏扭動著／在天空開舞會……

　　〈天空的舞會〉把天空想像成舞台，風箏在那開舞會。這樣的想像，可能有一些小朋友都想得到，但是風的流動是風箏飛揚起來的重要因素，詩人把它比擬成口哨，可能就是詩人獨特的創意了！口哨吹大聲一點，鼓勵多，表演就起勁，鼓勵是舞台演員，甚至是每個人前進的動力。詩中以「高興」多一些跟風多一些，風箏就飛得好的情形是相似的。「啊！天空／把口哨吹大一點吧／風箏高興地／又飛上天／直直直直／一直飛上了」。那「直直直直／一直飛上了」兩句除了音韻的漸次增強，配合了風箏上揚的意象。

2. 地球

> 攀登高山／看平野／遙遠的地平線連接海／一層深藍的海
> 連接天／展開一面視界的扇子／
> 扇子從我的基點扇開／造型半圓的地球
> 夕陽是一個大紅球／一刻刻，接近扇子的邊緣／我看到／
> 世界的扇子在跳動／有巨人搖著地球跳動著／地球的大齒
> 輪／和夕陽的小齒輪／開始旋轉，旋轉著／旋轉永恆

　　〈地球〉一詩，是觀察週圍事物，加以創新而成。「有巨人搖著

地球跳動著」是新的發現，讓整首詩生動起來。第一段先客觀的描繪，海天連成一色，湛藍如寶石，從個人角度來看，視野比較褊狹些；到了第二段，跳脫原先的角度，視野比較廣闊。詩人用詩的解釋大自然的各種現象。

3. 時間

> 時間拿橡皮繩子／玩弄我／一下子拉長／一下子拉短／
> 當我做功課的時候／時間就把繩子／拉長／拉得很長／越使我容易疲憊
> 當我在遊玩的時候／時間就把繩子／縮短／縮得很短／早結束我的快樂
> 時間就是／善於嫉妒的／搗蛋鬼／喜歡跟我做對

〈時間〉一詩用比喻的方式，把時間比喻成「拿橡皮繩子」，讓時間的形象具體而生動。

接著，詩人把握繩子的特性，可以拉長或縮短，來比擬時間的漫長或短促；並藉此反映出對快樂事情或痛苦事情的心理感受。

4. 氣象報告

> 氣象報告今天的天氣／陰偶雨／我遲遲才起床／家裡看不見爸爸／屋外看不見太陽／
> ——太陽跟著爸爸／出差去了／我的心也陰偶雨——
> 陰偶雨，整天都不下雨／捻開電燈，夜悄悄地來了／我面對電視機／爸爸帶著太陽餅回家來／氣象報告／明的天氣／是晴朗

〈氣象報告〉把家裡的氣氛比成氣象，太陽代表光明、有希望，用太陽的意象，寫出心裡期待家裡氣氛好轉，整首詩寫的是孩子的心裡感受。日常生活的許多事，是創作的好題材，詩人充分把握從生活

中找材料。詩人更以巧妙的營造來完成這首詩。

5. 餘暉

> 太陽是愛／愛的發源體／看它每天要西下／離開白晝的時
> 候／依依不捨地／放射愛的餘暉
> 愛的餘暉／染紅了防風林／染紅了你我的鼻子／染紅了山
> 那邊的家／讓大地充滿了愛／進入夜母親的懷抱

〈餘暉〉採用象徵手法，夕陽斜照染紅整個山坡，是太陽放射的愛的餘暉，讓大家感染溫馨的情懷，如同父母過世留下的遺惠，庇蔭後世子孫。太陽的愛的餘暉，是無窮盡的，所以染紅了防風林，染紅了人們的身體，染紅了大地。象徵手法十分傳神地詮釋無窮無盡的愛。

6. 螢火蟲

> 晚上／飛過田園的螢火蟲／集中在銀河捉迷藏／一定很好
> 玩
> 白天／映在空中的霓虹橋／跨越綠色的山嶺／彎曲得很美
> 我希望走過／霓虹橋到銀河去／跟螢火蟲們／一起玩

〈螢火蟲〉這首少年詩，跳脫一般少年詩用明顯的譬喻：螢火蟲像霓虹燈之類的，而是暗中把螢火蟲比擬成天上的星星，用了動態描寫，螢火蟲飛上銀河成了星星，一閃一閃的光像小朋友玩捉迷藏時，一下現身一下隱藏的情形，螢火蟲快樂地在銀河捉迷藏，比喻得很美，描摹得淋漓盡致，技巧十分高超，不露出明顯的使用譬喻法。晚上和白天的物理現象是相反的，所以螢火蟲的活動也會相反，螢火蟲在晚上活動，所以晚上是螢火蟲上天去，白天螢火蟲不活動，是天上的彩虹映在水中，水中也有山的倒影，彩虹橋的倒影就跨在山的倒影上。作者希望能夠越過彩虹橋，跟螢火蟲一起玩。整首詩充滿對螢火蟲美麗的憧憬，充滿動人的浪漫情懷，小朋友看了這首詩，大約會發

出共鳴，我也好想這樣跟螢火蟲玩耍。

7. 嫦娥

> 月光光／秀才郎／騎白馬
> 嗯！那個秀才郎／尋找嫦娥去了／是不？
> 然而／你知道阿姆斯壯／曾經登陸月球／尋不到嫦娥／才
> 悄悄地／回到地球來
> 因為／嫦娥的夢／仍然瀰漫在我們的國度裡／才有人皺著
> 眉頭說／不要讓嫦娥笑我們製造髒亂！

〈嫦娥〉這首詩，是批判現代人沒有正視月球的生態，是一首思考性的詩，當人們陶醉在嫦娥奔月、吳剛伐桂、玉兔搗藥等古老傳說時，我們也理智地接收了太空人登陸月球的訊息。兩者是否衝突？大家可能並沒注意到，這是讀了會讓人思考省思的少年詩。這跟杜榮琛、蔡榮勇和洪中周等人認同的「詩是要讓人讀了變聰明、會思考」的看法相吻合。[4]

8. 星星

> 天邊／只有一顆晨星／亮著
> 早晨的路邊／草葉上／卻有很多星星／隱藏在露水裡哭著
> ／那是／昨晚，下凡來的／一群貪玩的星星／回不到天上
> ／迷路了
> 此時／天邊的星星／和草葉上的星星／互相打通了信號／
> 閃閃亮亮……／不久／天上會派直昇機來／載送迷路的星
> 星們／飛回去吧

---

[4] 杜榮琛，在中華民國兒童文學學會與國語日報合辦的「兒童文學研習營」中，曾有如此說法；洪中周及蔡榮勇在台灣省兒童文學學會舉辦的「兒童文學研習營」中，也曾如此說。

今晚，清朗的／銀河上／團聚的星星們／又要熱鬧起來呢

　　〈星星〉一詩，跟〈螢火蟲〉那首詩有異曲同工之妙。詩人仍然不直接把露珠比擬成星星，用了隱喻：「草葉上／卻有很多星星」，再以動態描寫：那是星星昨天晚上下來玩，玩得迷了路，不知道怎樣走回家去？接著，詩人又美麗地聯想，天上的星星和葉上的星星（露珠）會通訊息，因而晚上一到，天空又又一大堆星星熱鬧地團聚。陳千武在這首詩仍然以美麗的想像和稚真動人的情意，模擬出小朋友天真地把露珠當星星，和星星露珠玩起來了呢！

9. 相簿

面向太陽的／黑臉／張開大嘴巴／背景有藍藍的海／弟弟指著他／叫：哥哥

豎立太陽傘／傘邊的砂堆和泳衣／還有，被風／吹亂了頭髮／弟弟指著他她／說：她不像媽媽

我，傻傻的臉／站在哥哥和姊姊之間／從嬰兒開始／一直，搶鏡頭／蹦蹦跳跳／跳上運動的跑道／跑過第一名

　　陳千武曾批評，時下的創作童詩和指導童詩創作者，有「童詩是用譬喻的手法」來寫，趙天儀更明白地指出，童詩也可以用白描法。〈相簿〉一詩，就是用白描法，直接描寫家人快樂出遊拍下的照片。一張張看起來有點可愛、有點陌生、醜醜的相片，看出自己和兄弟姊妹們的成長，媽媽在歲月的流逝中，模樣也有了變化，這就是一般家庭甜蜜的回憶。一張張相片，組合成一本本相簿，播映了一幕幕往事。

10. 小白兔

媽媽說一句：／「不愛你了」／她眼眶紅紅地／流下眼淚／很像被遺棄了的／小白兔

不用功／不用功的小白兔／星星眨眨眼／薔薇搖搖頭／輕

視你

不用功／不用功的小白兔／烏龜做鬼臉／鉛筆盒子抿著嘴
／討厭你

她夢見自己／變成了一條紅蘿蔔／小白兔爭著要吃掉它／
使她下了一跳！

不！我要用功嘛／仔細一看／小白兔紅紅的／眼睛，哭泣著
／哭泣著……

這首詩是一般家庭的價值觀的寫照，描摹出一般父母的觀念，
總是以為認真讀書的孩子才是乖孩子。一開頭，直接書寫，媽媽不愛
她。接著以小白兔大大眼睛、個性溫柔的可愛模樣來比擬小朋友。可
是，媽媽不愛小白兔，看起來真令人難過。再一次、兩次強調認真的
孩子才受歡迎，所以星星、薔薇、烏龜和鉛筆盒都排斥不用功的小白
兔。小朋友的心理反應寫得真傳神。

三、向陽編選的陳千武的少年詩

〈天空的舞會〉、〈地球〉、〈木瓜花〉、〈鼓手之歌〉、〈蓮
花〉、〈旅愁〉、〈時間〉、〈安全島〉、〈苦力〉、〈雨中行〉、
〈我的血〉、〈指甲〉是收錄在《台灣文學讀本》新詩卷，主編是向
陽先生，是台中縣政府編纂的「台中縣國民中小學台灣文學讀本」，
閱讀的對象是青少年學童，所以內容要適合青少年的閱讀經驗和心
理。向陽在這本讀本的序文已有所交代[5]，是「明朗易解」，不過設

---

[5] 見向陽主編《台灣文學讀本》新詩卷，台中縣文化局出版頁 5，向陽在序文中
提到：「由於這套教材設定的閱讀對象為國中小學生，選入詩作，當然要避免
晦澀難懂；作品內容，自然也必須考量青少年學童的閱讀程度；而作為鄉土
教材，作品和土地、人民、社會的融會，也必須有所斟酌。因此，在邀稿與
選稿過程中，詩卷基本上以「明朗易解」、「切身易讀」、「親近易感」為遴選
原則。」

定的閱讀年齡包括國中，因此，有些作品（〈木瓜花〉、〈鼓手之歌〉、〈蓮花〉、〈旅愁〉、〈安全島〉、〈苦力〉、〈雨中行〉、〈我的血〉、〈指甲〉）比在《滿天星兒童詩刊》刊出的幾首——《滿天星兒童詩刊》的十首——〈天空的舞會〉、〈地球〉、〈氣象報告〉、〈時間〉、〈餘暉〉〈螢火蟲〉、〈嫦娥〉、〈星星〉、〈相簿〉、〈小白兔〉等十首，遣詞用字稍難。

陳千武是跨越日治與戰後的兩個年代，他平常應用的語言也是從閩南語、日語到國語，因此他的語言應用跟戰後這一代的五年級、六年級的創作者顯然不同。

向陽先生在該書序文中介紹陳千武的詩，有獨特的風格。他說：「他的詩擁有異質的光彩，在質樸中永遠展現台灣詩人的剛毅之氣，傳揚土地和人民的聲音；他的詩不斷尋求台灣人的抵抗證言，反映了台灣人的生命與歷史，他是台灣文壇的常青樹。」

向陽對陳千武的評介，十分中肯，趙天儀[6]、林鍾隆也都如此說。陳千武在《童詩的樂趣》中，明白指出，童詩的內容就是創新、批判和哀愁[7]；而詩的題材來自日常生活。他又說明詩的本質是愛和希望、抵抗、批判、抒情與知性和真摯性。[8]可見「文如其人」，一點不假。不論在現代詩或少年詩的創作上，陳千武的創作立場，一路走來，始終如一。

陳正治認為：童詩是專門給兒童看的新體詩，是根據兒童興趣、需要和能力，應用淺顯的藝術語言，以及自然又精美的形式，抒發情感的作品。其他學者專家的看法也相近，歸納起來，所謂童詩，需包含兒童性——適合兒童閱讀年齡與社會文化背景、文學性——有特殊的形式與內容的藝術作品、音樂性——文字組合後音韻和諧有感

---

[6] 見趙天儀〈兒童詩歌的未來與發展〉《東師語文學刊》頁88、89，國立台東師範學院語教係主編第四期，19991 年，趙天儀：日本兒童文學界，……成人為兒童寫的詩，稱為少年詩……林鍾隆先生也採用了這種觀點。

[7] 見陳千武著《童詩的樂趣》台中縣立文化中心編印，頁21、122。

[8] 見註 7 頁 67~75。

情、教育性——潛移默化的改變，不是直接說教。

　　筆者只介紹刊登在《滿天星兒童詩刊》的十首——〈天空的舞會〉、〈地球〉、〈氣象報告〉、〈時間〉、〈餘暉〉〈螢火蟲〉、〈嫦娥〉、〈星星〉、〈相簿〉、〈小白兔〉等，用字淺顯，內容不外乎是孩子身邊的景、象、事、物，是合乎陳千武認為童詩該寫的內容[9]。除了這十首以外，是從作者的現代詩詩集摘錄出來的。一開始，詩人並不是要為兒童寫詩，而是「詩言志」抒發自己的感受及對政府的反抗、批判的精神活動，只是作品公諸於世，編選者認為兒童應該也可理解詩中的內容旨趣的，就選錄出來。向陽在序文時就認為他所選的詩是淺顯易懂的，只是，筆者曾給國小五六年級學童閱讀，多數學童對於〈天空的舞會〉、〈地球〉、〈氣象報告〉、〈時間〉、〈餘暉〉〈螢火蟲〉、〈嫦娥〉、〈星星〉、〈相簿〉、〈小白兔〉等十首以外的，多表示不易了解。因此，筆者選取〈天空的舞會〉、〈地球〉、〈氣象報告〉等十首略為探討。

四、陳千武少年詩的特色

㈠ 在形式方面

1. 自然的斷句，沒有刻意經營圖像詩

　　在〈天空的舞會〉這首詩裡，風箏飛上天空，一般詩人或許會

---

[9] 同註 4，頁 122。陳千武指出：童詩要寫什麼？這是題材的問題。凡是在兒童身邊周圍的事、物、景、象，都可以納入為詩的題材；而從詩的題材，尋覓所感受的主題，明顯地表現。大體，童詩的題材，可以設定為「自然」、「家庭」、「學校」、「夢」四大類。

　　　　飛

　　　飛

用飛　　　的排列方式，來呈現風箏上揚的情形。陳千武沒刻意用這樣
的圖像，只用「飛上天／直直直直／一直飛上了」。這可能跟詩人的
一慣主張和慣用技巧有關，從陳千武主張詩的形式自由可以得到印
證。他認為每一行每一句的安排，都要有「詩意義性的效果」。陳千
武舉一首非馬的詩〈鳥籠〉：打開／鳥籠的／門／讓鳥飛／走／把自
由／還給／鳥／籠。最後兩個字「鳥籠」，一般都是不分開使用，陳
千武先生認為非馬著樣的安排，有其特殊意義——「鳥／籠」的分
行，含有把自由還給鳥，也把自由還給鳥籠的雙重意象，是不尋常的
想法，也突顯了詩的主題。[10]

2. 用字精鍊文雅，少用口頭語言

　　陳千武用字精鍊文雅，很少用口頭說的話，像是「超讚」、「不
是蓋的」等字眼，在他的作品中極少出現。在〈螢火蟲〉詩裡，使用
了「霓虹橋」，這是平常小朋友少聽到的，通常我們都稱為「彩虹
橋」。蕭蕭曾評述陳千武的詩語言，「不能說是暢達」。[11] 對於蕭蕭
的評述，筆者不太贊同。陳千武的詩語言，有時有閩南語的影子，閩
南語比北平話（國語）保留比較多的古語，所以有些語句比較古式，
相對的，就比較不口語化。但它並不影響美感的呈現，詩意也未受到
阻擾，我們念起來不順暢，是不合國語的語法，更看出詩人跨越不同
語言的時代痕跡，也是他獨特的地方，說不順暢，是有欠公允。尤
其，在九〇年代，在語言使用上，台語、外來語與國語融合，像是
「心情不爽」、「常上 callin 節目」等語詞，若在幾十年前，大家會

---

[10] 見陳千武《童詩的樂趣》台中市立文化中心編印，頁 64、65。

[11] 見蕭蕭《現代詩縱橫觀》文史哲出版，頁 69、70。蕭蕭述說，「桓夫的詩語
言，無論如何，不能說是暢達，但在『乾澀』的語言背後，卻是人情的溫
暖，血一樣的激盪……」

不知所云，但在今日，大家非常習慣，如果用以為詩，大家不會覺得不順、不懂吧！

3. 極少用明喻，巧妙運用象徵或擬人

在陳千武作品中，他不直接用譬喻，而是巧妙運用象徵或擬人。例如〈螢火蟲〉這首少年詩，用動態描寫，並把螢火蟲暗喻成天上的星星，螢火蟲成了星星。而一閃一閃的光，就像小朋友玩捉迷藏時，一下現身一下隱藏的情形。詩人把螢火蟲比擬成星星，比喻得很美。

(二) 在內容方面

1. 結合生活經驗、反映生活情形

陳千武曾指出，童詩要寫的題材很多，凡是在兒童身邊周圍的事、物、景、象，都可以納入為詩的題材，大致歸納為「自然」、「家庭」、「學校」、「夢」四大類[12]。用他的論述檢覈他的創作，切合無疑。〈星星〉、〈天空的舞會〉、〈地球〉、〈螢火蟲〉都是「自然」方面的題材；〈嫦娥〉、〈時間〉是屬於「家庭」和「學校」的題材；〈餘暉〉和〈氣象報告〉是屬於「家庭」的題材。（要把詩的內容分類，不是每首詩都適合的，例如〈嫦娥〉一詩，提到月球生態，應算是自然範圍的題材；但嫦娥的傳說，又涉及家庭教育。）

2. 表現稚真與美的感動

詩人多半是易感的靈魂，多半充滿熱情，陳千武在他的現代詩

---

[12] 同註 7，頁 127。這篇論述原載於《滿天星兒童詩刊》，陳千武並沒細述童詩的定義。不過，不論創作者是兒童或成人，寫出來的作品都是要給兒童看的，所以要以兒童熟悉的日常生活為主，因此，「自然」、「家庭」、「校」、「夢」是十分適合的。

集中,可見端倪。在少年詩作方面,針對讀者是兒童為主,在豐富的情感外,還捕捉赤子的天真與生活中的美的感動,例如〈螢火蟲〉一詩,螢火蟲像星星玩捉迷藏,小朋友愛玩耍的感覺表露無疑;〈時間〉這首詩,更把小孩子貪完、討厭寫功課的心情描摹得十分傳神。

媽媽的愛最動人,陳千武以太陽做比擬,把媽媽的愛比擬成太陽的餘暉,人人都可以感受到媽媽的照拂、媽媽的愛,這樣柔美的感動,真令人陶醉。

3. 暖暖的情感流洩其間

〈餘暉〉這首詩,暖暖的情感流洩字裡行間。是的,多半的人,最愛投入媽媽的懷抱;多半的人,從小到大,都受到媽媽的照料。在〈星星〉一詩中,貪玩的星星迷路了,詩人擔心地安排和草葉上的星星聯絡,就不會流落地上了。

4. 批判現實生活

〈嫦娥〉一詩,把大家對於科學資訊和古老傳說,沒有同時接收,造成生活中的衝突,這可能是一般人容易忽略的。

五、結語

若依「聞其人,觀其文」,你會贊同陳千武「文如其人」,在他有點嚴肅又有點慈祥的身影下,有著充滿情感、感動或批判,讀來不甜膩、不太淺易的少年詩。

古添洪曾說,陳千武有些詩是泛政治詩[13],陳千武所處的時代,讓他不能認同統治階層的意識型態,在日據時代,有「皇民思想」

---

[13] 見陳明台編《桓夫詩評論集》,頁 219~222,古添洪著〈論桓夫的「泛政治詩」〉。古添洪以為:在一個廣義的層面裡,處在「政治」敏感的社會裡,也就是桓夫含蓄地所說的「特異環境」裡,所有的詩歌都不免帶有政治性。

[14]；在國民黨政府遷台後的「威權思想」、「白色恐怖」，於是他的詩作，不免充滿反抗的精神。直到終戰後多年，他穩定工作很久，跟兒童文學結緣，開始創作兒童詩，有著反璞歸真的赤子情懷，特地為兒童寫的詩，詩中才較少有「泛政治」的傾向，這也是筆者選取，刊登在《滿天星兒童詩刊》的八首陳千武少年詩作的理由。

參考文獻

一、參考書目：

陳千武《媽祖的纏足》豐原笠詩社

陳千武《童詩的樂趣》台中市立文化中心編印 1993.6

陳千武《愛的書籤詩畫集》笠詩刊社出版 1988.5

陳千武等著《台灣兒童詩選集》台灣省兒童文學協會編印 1991.11

陳千武編選《兒童寫給母親的詩》台灣省兒童文學協會編印 1992.8
　　再版

陳千武、洪志明和洪中周等編《兒童都是一首詩》台灣省立彰化社教
　　館研究叢書 1990.5

吳晟、向陽等編《台灣文學讀本》①新詩卷台中縣文化局出版
　　2001.6

——《台灣文學讀本》④小說卷台中縣文化局出版 2001.6

——《台灣文學讀本》⑦導讀卷台中縣文化局出版 2001.6

——《滿天星》

羅青《從徐志摩到余光中》台北：爾雅出版社 1978.6

張漢良等編著《現代詩導讀》台北：故鄉出版社 1979.6

---

[14] 見陳千武《媽祖的纏足》，豐原笠詩社。陳千武說：「我們生長在台灣這個天然華麗的島嶼，因接受特異環境的影響，自然抱持著與教科書所受的觀念有所不同的想法，可以說是從鄉土愛出發的一種民族精神支配著我們，使我們無法融入只求形式的教訓」。

吳鼎《兒童文學研究》台北：遠流出版社 1980.10 三版

洪中周《兒童詩欣賞與創作》台北：益智書局 1982.3

趙天儀《如何寫好童詩》台北：欣大出版社 1985.7

林仙龍《快樂的童詩教室》台北：民生報社 1985.8 二版

林煥彰《兒童詩選讀》台北：爾雅出版社 1985.10 八版

許顯宗《兒童詩教學之研究》台中：精華出版社 1986.7

林煥彰編選《台灣兒童詩選》嘉義：全榮文化事業有限公司 1986.10

葉石濤《台灣文學史綱》高雄：文學界雜誌社，1987

林文寶、徐守濤等著《兒童文學》台北：五南圖書出版有限公司
　　1988.3

李漢偉《兒童文學講話》高雄：復文書局 1990.10 增訂版

蕭蕭《現代詩縱橫觀》台北：文史哲出版社 1991.6

林文寶《兒童詩歌研究》高雄：復文書局 1991.7 二版

杜淑貞《兒童文學與現代修辭》台北：富春文化事業股份有限公司
　　1992.6 二版一刷

詹冰《詹冰詩選集》台北：故鄉出版社 1993.6

洪文瓊《台灣兒童文學史》台北：傳文文化事業股份有限公司
　　1994.6

傅林《兒童文學的思想與技巧》台北：富春文化事業股份有限公司
　　1995.3 二版二刷

林文寶《兒童詩歌論集》台北：富春文化事業股份有限公司 1995.11

張清榮《兒童文學創作論》台北：富春文化事業股份有限公司
　　1995.11

陳明台編《桓夫詩評論》資料選集高雄：春暉 1997.4

白靈《一首詩的誕生》台北：九歌出版社 1997.7

李漢偉《台灣新詩的三種關懷》台北：駱駝出版社 1997.10

潘麗珠《現代詩學》台北：五南圖書出版有限公司 1998.3

蔣風主編《兒童文學原理》中國：安徽教育出版社 1998.4

趙天儀《兒童文學與美感教育》台北：富春文化事業股份有限公司

1999.1

邱各容《兒童文學史料出版》台北：富春文化事業股份有限公司
1999.1

劉鳳芯主編《擺盪在感性與理性之間》台北：幼獅文化事業股份有限
公司 2000.6

洪志明主編《童詩萬花筒》台北：幼獅文化事業股份有限公司
2000.6

馬景賢《跟父母談兒童文學》台北：國語日報出版社 2000.8

陳千武等著《第 4 屆「兒童文學與兒童語言」學術研討會論文集》台
北：富春文化事業股份有限公司 2000.10

蔡榮勇《兒童詩需要穿怎樣的衣服：兼論兒童詩指導》台中市政府文
化局 2000.11

徐守濤等著《第 5 屆「兒童文學與兒童語言」學術研討會論文集》台
北：富春文化事業股份有限公司 2001.5

二、參考期刊論文

黃靜秋《童心話童年──國小低年級兒童詩歌教學歷程之研究》國立
台北師院課程與教學研究所 89 年碩士

陳松全《新批評與台灣詩歌研究批評理論及方法關係研究》南華大學
文學研究所 90 碩士

秦素娥《現代詩教學研究》，高雄師大國文教學研究所 91 年碩士

陳靜玉《陳千武及其現代詩研究》高雄師大國文教學研究所 91 年碩
士

陳凱宜《黃基博童詩作品研究》台北市立師院應用語文研究所 91 年
碩士

林煥彰〈台灣兒童詩發展概況 1950~1990〉《東師語文學刊》1991.2

傅林統〈兒童詩的現代趨向〉《研習資訊》1993.2

劉麗娟〈具體、抽象和比喻在童詩教學中運用〉《國文天地》1994.3

謝新福〈兒童詩創作技巧〉《中國語文》1994.6

杜淑貞〈兒童詩歌的八種獨特創意〉《人文及社會學科教學通訊》
 1994.10

陳正治〈幾首海浪詩的特性敘寫比較〉《中國語文》1995.6

歐宗智〈提昇童詩之文學價值〉《中國語文》1996.7

洪淑苓〈詩人的童言童語——葉維廉詩集《樹媽媽》評介〉《中央月
 刊文訊別冊》頁 22~23　1997.10

村言〈童詩兒歌和小詩〉《台灣詩學季刊》頁 171~173　1997.12

劉仲芳〈兒童詩的教學探索〉《南投文教》頁 47~52　1988.6

陳月英〈童詩的意義及特性〉《北縣國教輔導》頁 34~37　1999.2

沈秀瓊〈童詩童趣〉《國教輔導》頁 22~23　2000.6

吳聲淼〈兒歌與童詩分家了嗎？〉《語文學報》頁 133~148　2001.1

盧淑薇〈兒童詩的成長——從葉維廉的幾首童詩談起〉第五期《兒童
 文學學刊》頁 180~200　2001.5

陳千武〈台中兒童詩畫的成就〉《中市文化季刊》大墩文化 2001.11

舊瓶裝新酒
——陳千武《台灣民間故事》評述

林素珍

摘　要

　　陳千武先生的《台灣民間故事》一共收集編寫了三十五篇故事，並入選文建會「台灣一九四五──一九八八兒童一○○」的好書之一。本文將以此書為文本，就其一、選材與分類，包括：1・地方風物習俗傳說、2・歷史與傳說人物故事、3・生活故事、4・動物寓言、5 幻想故事；二、表現手法，可分：1・淺語的藝術敘述、2・去除怪力亂神、3・切合現實生活的思維、4・交待歷史與地理的背景；三、主要特色，共有：1・適合兒童閱讀的民間故事選集、2・充滿台灣史地的鄉土情懷、3・有著現實世界的真實性、4・帶著作者個人的思致等。從三大方向，十三小節，對此書作一綜合評述。

一、前言

　　陳千武，本名陳武雄，另有筆名桓夫、千衣子。一九二二年生
於南投縣民間鄉，長在台中縣豐原市，畢業於日治時代的台中一中，
二次世界大戰末期被日軍徵召為台灣特別志願兵服役於南洋戰場。戰
後回台灣並就職於豐原八仙山林場，其後曾擔任台中市立文化中心主
任，在此期間陳先生除致力於文化中心的業務外，也用心於兒童文學
的翻譯、創作及改寫的工作，如參與光復書局《彩色世界兒童文學全
集》的改寫工程，編選《小學生詩集》一至四集，撰寫少年小說《姓
古兩兄弟》、《檳榔大王的竹筏船》、《擦拭的旅行》等。此外，他
也熱心兒童文學活動的推廣，自一九八五年開始，先後策劃過「小學
教師兒童文學營」、「台中教師兒童文學研習營」、「中部縣市教師
兒童文學研究營」、「全省小學教師兒童文學研究營」、「台中縣兒
童文學創作研討會」等，被譽為「中部兒童文學的舵手」[1]，可謂實
至名歸。

　　其實，陳先生的文學才藝可說是多方面的，無論是詩、童詩、
小說、評論等均有可觀成就，也獲得許多獎項，如吳濁流文學獎、洪
醒夫小說獎、台灣詩人獎、國家文藝獎等，也曾在一九九九及二〇〇
〇年連續兩年獲得日本地球詩社地球賞的肯定，可見他的成就與貢獻
不止在台灣發光，也延伸至海外。像陳先生這樣一位才華洋溢、充滿
熱情的人，跨足至兒童文學的領域，真可說是兒童文學界的一大福
音，他是從翻譯少年小說開始的，其中《杜立德先生到非洲》、《星
星王子》二本名著譯作的問世，對正值茁壯期的台灣兒童文學發展有

---

[1] 邱各容〈中部兒童文學的舵手——陳千武〉，收錄於《播種希望的人們——台灣
　　兒童文學工作者群像》，永和：富春文化事業股份有限公司，2002，頁 44-
　　48。

相當的意義[2]。再者，他也實際創作少年小說、兒童詩；選編兒童詩集、析評童詩等。值得注意的是陳先生有感於一般流傳的台灣民間故事「大都適合成人閱讀，而且是籠統性的敘述，缺乏土地背景的情趣與親密感」[3]，所以也著力於台灣民間故事的再創作——《台灣民間故事》，這本書一共收集編寫了三十五篇故事，入選文建會「台灣一九四五——一九八八兒童一〇〇」的好書之一。由此，本文將以此書為文本，就其選材與分類、表現手法、主要特色等方面作一綜合評析。

二、選材與分類

所謂「台灣民間故事」應包括原住民、客家、閩南、及外省等四大族群在台灣這塊土地上所流傳的神話、傳說和民間故事等[4]，根據陳千武先生《台灣民間故事》所取的三十五篇故事來看，除了〈一張牛皮大的土地〉屬於純粹的原住民故事外，其他均取材自漢族故事[5]。至於故事的類型與主要內容則分列如下[6]：

㈠ 地方風物習俗傳說

1、貪心的惡果：看廟的人因貪心而失去一切

---

[2] 邱各容《兒童文學史料 1945-1989 初稿》以為民國五十三年至六十三年為台灣兒童文學發展的茁壯期，在此期間的幾件重大事件在兒童文學讀物寫作人才培養方面有其重大作用。永和：富春文化事業股份有限公司，2001，頁 35。

[3] 引文見陳千武《台灣民間故事》之作者自序，永和：富春文化事業股份有限公司，2000，頁 7。

[4] 見趙天儀《兒童文學與美感教育》，永和：富春文化事業股份有限公司，1999，頁 126-127。

[5] 作者另有《台灣原住民母語傳說》及《台灣平埔族傳說》或可參考，以上二書之出版者為台北：台原出版社，1991、1993。

[6] 關於民間故事的分類主要參考陳慶浩、王秋桂主編《中國民間故事全集·台灣·序》，台北：遠流出版事業公司，1989，頁 4。及蔣風《兒童文學原理》，合肥：安徽教育出版社，1998，頁 413-414。

2、可憐的半屏山：半屏山因傲慢自負而而被太陽懲罰

3、鶯歌石的抗議：鄭成功擊落大鳥的事蹟

4、斗六的土壤：嘉義、斗六爭縣治之過程

5、劍潭的寶劍：鄭成功除去水中妖怪的事蹟

6、二八水河圳：二八水整治過程

7、虎形山：虎形山名之由來

8、一張牛皮大的土地：荷蘭人欺騙原住民土地之經過

(二) 歷史與傳說人物故事

1、李世民的後裔：許超英奇智助人

2、武術的真諦：打鐵安司謙讓退敵

3、石階曬彎了：李吉祥奮發努力

4、飛瓦特技：蔣允焄任台灣知府

5、芝山岩的奇石：昌堅收服白馬

6、秀才和蠢才：陳維英發奮讀書

7、助人的快樂：許超英引導鄭員外助人

8、丘罔舍：丘罔舍傳奇的一生

9、林圯埔：林圯開墾斗六門

10、慈善的人：善三開路擊石的善行

(三) 生活故事

1、貓屍當十兩銀：袁先生善心助人

2、命運的轉變：林姓繼子因誠實奮發而改變了自我的命運

3、赤崁碰舍龜：阿碰舍奮發向上而致富

4、愛的裁判：三個年輕人表達愛的方式

5、只有一個桃子：富農因驕吝而損失慘重

6、女乞丐的啟示：染布店夫婦懺悔改過的歷程

7、靠自己開拓命運：李正夫婦篤實認真而致富

8、仗義飛鏢：莊結善用飛鏢濟弱抑強

9、親情的裁判：縣令用計解決劉、王二家爭奪孩子撫養權的問題

10、小偷的末路：誤入歧途的青年改過向善

11、害人就是害自己：李姓青年因害人而誤了自己的前程

12、糰子的考驗：公司老闆特別的徵才方式

13、遺囑：女兒女婿謀爭遺產反被設計

14、賣身葬父：董永賣身葬父

15、醜女變美女：阿月保有善心幫助他人

㈣ 動物寓言

1、可惡的偽善者：偽善的貓佩帶念珠欺騙老鼠

㈤ 幻想故事

1、玄天上帝：李昂修行成仙之經過

由上面的敘述可知，《台灣民間故事》的選材以漢族的地方風物習俗傳說、歷史與傳說人物故事和生活故事為主。就第一項而言：分別介紹了基隆白米壺、高雄半屏山、台北縣鶯歌鎮、雲林縣斗六市、台北劍潭、彰化縣二水鎮、台北大直等地區有趣的地方傳說，讓小讀者能對各地的風俗民情有一概認識；就第二項而言：分別敘述了新竹許超英、淡水打鐵安司、彰化李吉祥、高雄蔣允焄、台北昌堅、台北陳維英、台北許超英、台南丘罔舍、斗六林圯、埔里善三等人的楷模事蹟，讓小讀者能夠有所學習；就第三項而言 [7]：說明日常生活中善心助人、誠實待人、發奮圖強、明辨義利、戒除驕慢、懺悔改過、篤實認真、濟弱抑強、珍惜親情、孝順父母等優良德行，可對

---

[7] 林文寶等《兒童文學》：「生活故事是擷取一般現實生活中饒富人情味，能反應各種生活情態，足以感動兒童、激勵兒童的意志情操的題材，加以演述而成的故事。」台北：五南圖書公司，1998，頁 168。

小讀者產生陶養性情的作用。至於動物寓言和幻想故事則僅各有一則，正顯示出作者「真摯性的現實體驗」[8]的寫作原則。

三、表現手法

在坊間，我們可以看到許多不同的台灣民間故事集，有的忠於母語的表達方式，有的重視「國語」化的改寫，有的側重收集、整理以供人文社會學科研究者研究之用，這些不同的版本各有各的用意，也表現出各具特色的風格，而陳千武先生的《台灣民間故事》則是本於台灣傳統的民間故事，根據作者自己的觀點與理念，並針對兒童的閱讀能力，所努力撰作的讀物，因此也形成它特有的風格，至於其具體的表現手法則如下所述：

㈠ 淺語的藝術敘述

撰作兒童讀物所使用的語文與成人讀物不同，作者必須「運用兒童所熟悉的真實語言來寫」[9]，換句話說，作者一方面要考量兒童讀者所能理解的語文，一方面也要表現文采的修飾，在《台灣民間故事》中，我們看見陳先生的用心之處，以下分四方面來討論：

1. 訂定淺顯易懂的標題

一般而言，台灣民間故事都有其通行的故事名稱，如著名的〈虎姑婆〉、〈白賊七〉、〈賣香屁〉、〈好鼻師〉等都是大家耳熟能詳的，這些故事在流傳時，逐漸形成約定俗成的標題以區分每個不同的故事，當然在民間故事流傳發展的期間，我們也可以看到某些收

---

[8] 引文見陳千武《台灣民間故事》之作者後記，永和：富春文化事業股份有限公司，2000，頁 238。

[9] 林良〈淺語的藝術〉收錄於《淺語的藝術》，台北：國語日報出版社，2000，頁 32-33。

集、整理的作者為這些故事訂定新的標題，但無論如何，他們並未針對兒童閱讀上的考量去決定標題，如〈紅毛計詐牛皮地〉[10]、〈死貓與當鋪〉、〈選婿〉[11]等就不如〈一張牛皮大的土地〉、〈貓屍當十兩銀〉、〈愛的裁判〉來得「兒童化」。作者或許把原來的名稱加上簡單的文字引導小讀者思考，如將〈半屏山〉改為〈可憐的半屏山〉、〈鶯歌石〉改為〈鶯歌石的抗議〉、〈劍潭〉改為〈劍潭的寶劍〉、〈女乞丐〉改為〈女乞丐的啟示〉等，也或許使用揭示故事主旨的標題，如〈可惡的偽善者〉、〈貪心的惡果〉、〈武術的真諦〉、〈命運的轉變〉、〈愛的真諦〉、〈靠自己開拓命運〉、〈小偷的末路〉、〈害人就是害自己〉等，都可以見出作者的巧思。

2. 加強主角鮮明的形象

在兒童故事中，主角是非常重要的關鍵，許多情節必須靠這類人物的推動才得以進行，而他們的言行舉止也往往可給小讀者一些省思，因此賦與他們鮮明的形象就顯出重要性了。一般民間故事在收集、整理的過程中未必能注意到這一點，而在陳先生的《台灣民間故事》中則曾經著力於此，例如〈二八水河圳〉中指導大家開鑿水道的老人大多以「白鬍鬚」的簡單形象出現[12]，但到了陳先生手中就鮮活起來了[13]：

> 老人家拿著尖端嵌有鐵鉤的登山手杖，在農民們要挖河的溪邊週圍，踱來踱去。一會兒走到上流很遠再走回來，並邊走邊用手杖敲打地面，查看了很久，終於在地面上畫了

---

[10] 林藜《台灣民間傳奇》，永和：稻田出版公司，1995，頁85。

[11] 施翠峰《台灣民譚探源》，台北：漢光文化公司，1985，頁61、57。

[12] 陳慶浩、王秋桂主編《中國民間故事全集》，台北：遠流出版事業公司，1989，頁45。

[13] 陳千武《台灣民間故事》，永和：富春文化事業股份有限公司，2000，頁52。

　　　　兩條八字形的線說：「我知道了，你們假如依照我畫的這
　　　　些線，繼續挖下去的話，工程一定會順利地進行………

　　這裡增加主角使用器具以及進一步勘查地勢的動作述，老人家
善於水利工程的形象也藉此表現出來了。又如記敘〈可憐的半屏山〉
中不知天高地厚的半屏山的狀況 [14]：

　　　　比起玉山，半屏山是突然拔現在平原中的一座孤山，高度
　　　　和玉山差不多，鄰近台灣海峽。他從高處睥睨著海，一望
　　　　無際的海原，跪伏在山下，好像是屬於他的版圖，海底裡
　　　　有各種各類的魚群，又像是他的子民，這麼一想他覺得非
　　　　常得意。他要表示自己的威風不弱於玉山的優越，便很誇
　　　　口的向玉山說：「我是海邊的大王，你看，海洋屈服在我
　　　　的腳下，用潮水的舌頭舔著我的腳趾，海上的海浪又不斷
　　　　地向我遙拜………」

　　透過週遭環境中的平原、海洋以及自負的對話，將半屏山的傲
慢作了一番新的詮釋。值得注意的是，在許多版本中與半屏山比高度
的玉山每每沉不住氣地與半屏山對罵 [15]，但在此處玉山則是穩重謙遜
地與其他高山相處和睦，受到群峰的尊敬，持有高山的風度與威
嚴 [16]，間接烘出半屏山的無知與驕氣。

3. 增加引人入勝的情節

---

[14] 陳千武《台灣民間故事》，永和：富春文化事業股份有限公司，2000，頁
　　29。
[15] 婁子匡編《神話與傳說》，《國立北京大學中國民俗學會民俗叢書》第十三
　　冊，東方文化書局，頁3。
[16] 陳千武《台灣民間故事》，永和：富春文化事業股份有限公司，2000，頁
　　29。

　　任何故事都是由一連串的情節依一定的時間次序所組合排列而成的，作者所塑造的人物、設計的事件、經營的氛圍，都被情節統整為一活動而具體的關係，因此情節的處理也關係著故事營造的成功與否。在許多民間故事中，情節往往比較簡單疏略，所以陳先生在此也做了補強的工作，讓故事的結構更有張力也更完整，以吸引小讀者的注意力，如〈醜女變美女〉中「阿月是個賢慧而且待人誠懇的女孩，可惜她面貌很難看，所以一直嫁不出去。她沒有辦法，只好忍耐著，在這裡做事。富翁的太太更是認為有機可趁，經常加以酷使」[17] 的情節被鋪衍成 [18]：

> 「像妳這樣醜臉的人，總是沒有人喜歡雇用妳的，妳不要忘記我特別雇用妳的恩情呀！」曾太太手指著阿月的臉，以輕蔑的口吻說。這使阿月滿是因青春痘發腫和蓄膿的臉，潮紅的更難看。阿月知道老闆夫婦，都因吝嗇又刻薄，才受到全鎮人的討厭。如果說，阿月因為臉醜沒有人喜歡雇用她，那麼這一家曾老闆夫婦，也沒有人喜歡來受雇，為他們做事的。阿月只是因為家窮，才來這裡受雇，忍受著主人的責罵。

　　在這段主人用言語、動作刻待女僕的情節中，呈現刻薄/善良、欺凌/忍辱的鮮明對比，小讀者可以深刻體會到主人的醜陋與阿月處境的難堪。再如〈女乞丐的啟示〉中作者增加了男主角李英經多方探聽，得知女乞丐住處，然後親自跑到女乞丐家中拜訪的情節，將女乞丐向李英之妻鳳嬌透露「妳曾經不誠實，欺騙過人家一件事，還沒有

[17] 施翠峰《台灣民譚探源》，台北：漢光文化公司，1985 年，頁 45。

[18] 陳千武《台灣民間故事》，永和：富春文化事業股份有限公司，2000，頁 231。

懺悔補償」[19]的前因後果用探尋對話的方式表達，除了讓小讀者知道鳳嬌在多年前因一時的貪念，侵占他人遺失的錢財，導致男乞丐和女乞丐夫婦流落街頭外，也如身歷其境般的探知整個事件的來龍去脈，讓故事變成臻密而完整的有機體[20]。

4. 敘述細膩化、趣味化

正如陳先生所體認的，一般的台灣民間故事並不是專為兒童閱讀而去撰寫的，所以常較簡化而籠統，其中收集、整理的意義可能大於文藝性。大體而言，兒童文學的特質有四：一、兒童的；二、文學的；三、趣味的；四、教育的[21]。因此，簡化籠統的文字敘述已無法滿足兒童閱讀或學習上的需要，有必要趣味化與細膩化，如〈飛瓦特技〉中的一段文字是這樣寫的[22]：

> 話還沒說完，從寺屋裡跳出來六位建築物師父，個個都是修練過中國功夫的壯士，分在樓上樓下各三位。樓上的三位站在瓦堆旁邊先由中間一位拿瓦向樓上擲去。樓上的壯

---

19 陳千武《台灣民間故事》，永和：富春文化事業股份有限公司，2000，頁 137。

20 林良〈尋找一個「故事」〉提及：「『故事』的含義是：由許多『事情』組成的有機體。……『故事』是有機的排列『事件』。一個『遊戲性』極高的故事，通常都暗含著一條迷人的，有力的『趣味線』，吸引讀者去『追蹤』，一直到那個作家把故事做一個有力的結束。」收錄於《淺語的藝術》，台北：國語日報出版社，2000，頁 160-161。另外，林文寶〈敘述、敘事與故事〉也提到：「故事的結構性質表現在三方面。第一，故事是一個有機的整體，其內部各部分互相依存和制約，並在結構中顯現其價值。」收錄於《兒童文學學刊》第三期，台北：天衛文化圖書公司，2000，頁 53。

21 張清榮《兒童文學創作論》，永和：富春文化事業股份有限公司，1995，頁 31-33。

22 陳千武《台灣民間故事》，永和：富春文化事業股份有限公司，2000，頁 101。

士，把飛上來的瓦接下，疊堆在樓臺上。開始時是慢動
作，隔十幾秒才擲飛一片，但是擲瓦的動作越來越快，快
到終於一秒一片，瓦就隔一點間隔一片片，像飛燕那麼排
成一列，飛著，真是壯觀，這使圍觀的群眾，驚嘆地喝采
不已。

本來兩三句話就可以交待的上瓦工作，經過作者悉心的文飾，
訪眼前仿佛呈現出一場真實的現場特技表演，無論是工作師父的所站
的位置，或是他們的傳瓦動作，是那麼的栩栩如生，引人摒息觀看，
充滿緊張、驚奇的氛圍，不僅文中圍觀的觀眾要驚嘆，連我們讀者也
賞嘆不已。再如〈一張牛皮大的土地〉中作者也寫活了原住民與荷蘭
人的形象 [23]：

> 頭目和長老們「哇哇」交換了一陣意見，認為一張牛皮大
> 的土地很小，借給他們也無所謂，而且夠獲得那麼多發光
> 的金塊，就答應了。於是，荷蘭人便用剪刀，把牛皮剪成
> 細長的一條繩子。把那條細長的皮繩子作半徑，繞著劃一
> 圓塊寬闊的土地，建設熱蘭遮城，駐進兩千八百多名士
> 兵，做為東方貿易的基地。高山族人因為荷蘭人只用一張
> 牛皮劃的土地，不好意思抗議，又怕他們強大的兵力，終
> 於順從荷蘭人的統治。

原住民的頭目與長老對紅毛荷蘭人所提出來的要求是既警戒又
同情，所以慎重的討論起來，這裡用「哇哇」來描述，說明了他們使
用了讀者聽不懂的原住民母語，也看得出來他們彼此認真提出意見的
模樣，純真得有些趣味性。另一方面，用盡心計的荷蘭人在詭計得逞

---

[23] 陳千武《台灣民間故事》，永和：富春文化事業股份有限公司，2000，頁 22-
23。

之後，積極佈署自己的商業勢力範圍，不惜派兵駐進熱蘭遮城，原住民發覺自己上當後，礙於「信用」的原則，也害怕武力鎮壓，只得屈服了，二者鮮明的形象成了清楚的對比。

㈡ 去除怪力亂神

不可否認的，民間故事在流傳的過程中，不免會有穿鑿附會、渲染誇大的情形，而產生神力離奇的人物或情節，有人以為這些神奇詭異，在無損於價值理念的前提下，反而可以增進故事的趣味性[24]，但作者卻有不同的看法[25]：

> 我早就想要整理流傳在台灣民間的許多怪異的故事，以真摯性的現實體驗改寫成為人性實質感受的故事，去除幻覺、荒謬、惑人的部分，強調人的精神活動，如果集中貫徹於某一件事項而努力，仍然可以做出超人的結果，得到意想不到的仙人效力，把妄誕的想法，拉回科學的現實領域來。

從這三十五篇故事中作者只選了一篇幻想故事，便可看出他要給小讀者一個去除怪力亂神的民間故事集。因此，將不合理的情節合理化似乎就成了必然的工作，如〈貪心的惡果〉中記載[26]：

> 你知道嗎？白米並不是自然漏出來的。是附近的一位有錢的老人，知道看廟的人很辛苦，才叫家裡的長工，天天到廟裡打聽吃飯的人數，暗中把米藏入空隙裡救濟他的。

---

[24] 蔡尚志《兒童故事原理》，台北：五南圖書公司，1994，頁159。

[25] 陳千武《台灣民間故事》作者之後記，永和：富春文化事業股份有限公司，2000，頁238。

[26] 陳千武《台灣民間故事》，永和：富春文化事業股份有限公司，2000，頁27。

原來的〈仙洞的白米壺〉[27]，漏出白米的地方是個具有神奇力量的仙洞，不但可以平白漏出白米，也可因吃飯人數的多寡而調節流量。在此，作者將其改為有錢的老人基於肯定廟宇的工作人員非常辛苦而有所布施，完全去掉故事原有的神秘感。在〈二八水河圳〉中提到[28]：

> 完工那一天，指點他們挖河的老人家，特地來看工程的成果，農民們紛紛鞠躬向老人家道謝，農民的孩子們也很稀奇地，跑來圍著白鬍鬚的老人家問長問短。「老先生，您家住在哪裡？」「我？我住在東邊的山上，往名間地方去的山裡。」「您是不是仙人？」「喔！不錯，人住在山裡就是仙，哈哈哈，我也算是仙人啦。」「你是仙人，仙人才會指點迷津救我們這個地方。」「不，你們應該知道，因為我住在山裡，看了這條濁水溪河流的氾濫好多年。」「喔，看過好多年，就會知道河道應該怎麼開？」「這就是經驗和細心觀察得到的智慧，你們如果用心學習，累積經驗，也都會得到智慧。」

在〈二八水〉[29]中，老人是仙人的化身，下凡來指點民眾開鑿水渠。用神力來解決問題似乎是中外傳統民間故事常發生的事，在此作者打破傳統的慣例，將老人塑造成善於水利經驗且充滿智慧的長者，透過對話教導民眾不必訴諸神力，也教育了小讀者應有正確的觀念─

---

[27] 陳慶浩、王秋桂主編《中國民間故事全集》，台北：遠流出版事業公司，1989，頁 31-32。

[28] 陳千武《台灣民間故事》，永和：富春文化事業股份有限公司，2000，頁 53-54。

[29] 陳慶浩、王秋桂主編《中國民間故事全集》，台北：遠流出版事業公司，1989，頁 45-46。

一只要細心觀察、累積經驗，自然就能思考出解決問題的方法。再看〈糰子的考驗〉，它是另一版本〈半屏山〉[30]的改寫[31]：

> 白髮老人很滿意的說：「不瞞你說，我是打狗最大船公司廣仁行的老太爺，目前公司需要一位掌管庶務的年輕人，我想聘你做這個工作，你願不願意？」「真的！我很願意，不過，我沒有做過的事情，怕做不好。」「沒問題，你誠實又心地好，沒有做過的事情要有耐心地學習，就會做得好，就這麼決定了。」

原來的故事中賣糰子的老闆是位神仙，化身凡人到人世間尋找知足的弟子，以便將他帶回山上去修練仙術，但作者則改為公司大老闆想出來尋覓人才的權變方式。在不更改誠實、知足的原則下，讓這個故事變得更切合實際生活，當然，半屏山上土石被神仙變成大餅的情節自然也被刪除了。再看〈醜女變美女〉[32]中說到：

> （老人說：）「姑娘啊！我很感謝妳昨夜給我的恩賜，妳不但心地善良而且是美麗的女孩子。」「我不美，我的臉很醜，人家都討厭我。」「不，妳的良知，現出在妳的臉上，我從妳的眼神看得出來。剛才，我去山上摘來了這些草藥給妳，妳拿回去洗乾淨，放在大碗裡搾出液汁來，摻一點水，用液汁洗臉，一天洗幾次，妳那蓄膿的青春痘就會消失了，妳就是一位很美的女孩子。」

---

[30] 施翠峰《台灣鄉土的神話與傳說》，彰化：彰化縣立文化中心，1995，頁94。

[31] 陳千武《台灣民間故事》，永和：富春文化事業股份有限公司，2000，頁214-215。

[32] 陳千武《台灣民間故事》，永和：富春文化事業股份有限公司，2000，頁235。

在傳統故事中，老人也是一位住在高山上的仙人，化作凡人模樣下凡來考驗阿月是否真的心地善良，等到阿月通過重要考驗後，仙人僅向她的臉孔吹了口氣，原來面貌醜陋的阿月霎時之間就變成了天仙美女，這樣的情節充滿了神仙術變化的神妙性[33]。同樣地，作者讓老人回歸凡人的本色，沒有賦予他任何神奇力量，因此他只用了藥草幫助阿月治療本已相當嚴重的青春痘，待惱人的痘子除掉之後，阿月恢復健康的皮膚，自然而然就是一位美女了。

(三) 切合現實生活的思維

民間故事因為流傳的關係，所以充滿了變動性[34]，因著時代的不同加入當代的生活資料自是不可避免的事，對小讀者而言，可以有新觀念的認知與理解，如〈可憐的半屏山〉說到[35]：

> 可憐的半屏山，僅保持二百四十公尺的高度，山的西北上段是陡峻的懸崖，懸崖上常常墜落石塊，呈現崖錐的地形；山的東南成為平直的石灰岩斜坡，坡度約三十度，年年被水泥公司採挖破壞，一直遭遇著不幸的命運。

這段文字中說明了半屏山的現況，點出水土保護上的問題，因為水泥公司的濫採，致使半屏山除了傳說中傲慢自負的「可憐」外，也承受著現代人自私自利、不顧自然環境的「不幸」。而〈斗六的土壤〉[36]中提及：

---

[33] 施翠峰《台灣民譚探源》，台北：漢光文化公司，1985，頁 48。

[34] 高國藩《中國民間文學》，台北：台灣學生書局，1995，頁 21-22。

[35] 陳千武《台灣民間故事》，永和：富春文化事業股份有限公司，2000，頁 32。

[36] 陳千武《台灣民間故事》，永和：富春文化事業股份有限公司，2000，頁 41-42。

> 他里霧地方的人士雖然很不甘心，但也無可奈何，為了銘
> 記這一史實，從此把地名稱為「斗六」。大家都知道這個
> 地方的土壤沒有鹽分，很適宜農耕，遂有很多篤農聚集此
> 地，從事開墾種植，斗六便成為台灣農作物產量最豐富的
> 地方。

解釋了雲林縣斗六市得名的由來，也說明了此地土壤很適合農業開發，因此成為台灣重要的農作物產區，讓小讀者了解到地方的特色。又如在〈親情的裁判〉中，王、劉兩家爭取孩子的撫養權，作者提到[37]：

> 因為古時候還沒有血型檢查，判斷血統關係的方法，知縣
> 查不到真的証據，可以証實哪一方才是親生的父母。

這段敘述頗符合現代醫學的觀點，陳先生在改寫這個故事時，DNA 的檢驗尚未風行，不然，以作者與時並進的寫作態度，應該會有論述才對。

㈣ 交待歷史與地理的背景

為了讓讀者對台灣史地有所了解與關心，作者在改寫這三十五篇故事的同時，都盡量「描繪了歷史和地理背景」[38]，這種現象是一般民間故事集所沒有的。在每個故事中，作者大多刻意而且詳細的交待各地方的歷史發展和地理環境，茲舉二個例子來說明，如〈遺囑〉

---

[37] 陳千武《台灣民間故事》，永和：富春文化事業股份有限公司，2000，頁 174-175。

[38] 陳千武《台灣民間故事》之後記，永和：富春文化事業股份有限公司，2000，頁 238-239。

一開始便記載[39]：

> 清同治十三年（西元一八一七），日本人在台灣最難端的
> 瑯橋（今恆春），鬧了一次「牡丹社」事件，因此，為了
> 防禦外來的侵略，欽差大人沈葆楨到恆春半島巡視，劃定
> 在瑯橋建城，光緒元年（公元一八七五）開始灌土造磚，
> 光緒五年終於完成了一座城牆高厚的邊疆孤城。使得閩
> 南、客家、漢化的平埔族和排灣族等百姓，往城內聚集，
> 大家在一年四季煦陽普照的城牆內外討生活，過得平安快
> 樂。

牡丹社事件是由美國商船羅發號在七星岩觸礁，船員被原住民
殺害開始的，當時美國駐廈門領事李仙德與台灣總兵劉明燈的交涉過
程中，清廷對台政策是持著非常消極的態度，到了西元一八七一年，
六十六位琉球人因船難而在八瑤灣上岸，卻被牡丹社及高士佛社的原
住民殺害了四十四人，引來日方有藉口出兵台灣，而清廷對日本出
兵，幾乎沒有知覺，一直到各國公使通知，才知道消息，最後清廷只
得承認琉球為日本所有，賠償五千萬兩白銀，此一事件讓清廷對台政
策轉為積極，遂展開一連串的現代化建設[40]，其中沈葆楨就是一位重
要人物。再如〈貓屍當十兩銀〉[41]提到：

> 台中的開發是清康熙五十五年，由豐原西方的岸裡大社平
> 埔族酋長阿莫，向諸羅知縣申請開墾貓霧束之野（台中盆
> 地）而開始的。最早的聚落有大墩、橋仔頭、新莊子、犁

---

[39] 陳千武《台灣民間故事》，永和：富春文化事業股份有限公司，2000，頁
217。
[40] 葉振輝《台灣開發史》，台北：台原出版社，1999，頁114。
[41] 陳千武《台灣民間故事》，永和：富春文化事業股份有限公司，2000，頁
77。

頭店，即現今的中、南、東區及南屯區等四處。其中最先形成市街，而設有官治的地方為犁頭店。犁頭店位於台中盆地西側，是彰化與台中的交通要道。

作者參可考了典籍的記載說明台中開發的原始，以及各聚落的分布，並作了今昔地名的對照，讓人有份思古之幽情。

四、主要特色

對台灣豐富的民間故事，有人只做整理的工作──對故事只是梳理雜沓冗贅的詞語或作填縫式的補述；有人則是從事改寫的工作──增加或變更故事的內容，陳千武先生這本《台灣民間故事》應是屬於後者中的傑出作品，並具有下述幾項特色：

㈠ 適合兒童閱讀的民間故事選集

作者從傳統民間故事中選取素材，並突顯其正向的主旨，諸如：〈貪心的惡果〉、〈遺囑〉：戒除貪念；〈可憐的半屏山〉、〈武術的真諦〉：謙下退讓；〈李世民的後裔〉、〈貓屍當十兩銀〉、〈醜女變美女〉：熱心助人；〈石階曬彎了〉、〈秀才和蠢才〉、〈命運的轉變〉、〈赤崁碰舍龜〉、〈靠自己開拓命運〉：奮發努力；〈慈善的人〉：樂行善事；〈愛的裁判〉：明辨義、利；〈只有一個桃子〉：戒除驕慢；〈女乞丐的啟示〉、〈小偷的末路〉：懺悔改過；〈仗義飛鏢〉：濟弱抑強；〈親情的裁判〉：親情的可貴；〈害人就是害自己〉、〈糰子的考驗〉：誠實磊落；〈賣身葬父〉：肯定孝行；〈可惡的偽善者〉：明辨事理等，作者無論是在標目的定訂、人物的型塑、情節的鋪陳等，都使故事的敘述趣味化、細膩化，以引發小讀者的閱讀味蕾，而有所學習。

(二) 充滿台灣史地的鄉土情懷

人們生活在某一個地區，對當地的人、事、地、物，必須有一定程度的認知。因此，兒童閱讀民間故事，若要有所收獲，那麼故事本身就必須含蘊著某些國家或地區所有的文化特質與地理要素[42]，在這本書中，除了東部三縣市外，一共述及了：基隆、台北（土城、劍潭、鶯歌、芝山岩、大直、大龍峒、萬華）、桃園、新竹、苗栗、台中（大甲、東勢）、彰化（八卦山、鹿港、員林、二水）、雲林（斗六、林圯埔）、南投（埔里）、嘉義、台南、高雄、屏東等地區的歷史或地理沿革，讓小讀者對各地的風俗民情、自然環境甚至歷史發展能有大略的認識。

(三) 有著現實世界的真實性

民間故事的思想內容是豐沛而多變的，有其積極面的進步性，也有其消極面的落伍性，作者在選材上盡量避免神力、迷信、宿命等成份，即使面對神蹟也都盡量作客觀的論述，如書中唯一的幻想故事〈玄天上帝〉，作者即將重點放在李昂仗義助人的過程上，而用保留的態度帶出神仙幻想的部分[43]：

> 聽說，受天宮的玄天上帝的香火，是從唐山（大陸）的武當山移駕過來的。玄天上帝原來是一位殺豬的人，可是他後來慚愧殺生的罪惡，走到溪邊切腹，用手挖出腸和胃，在水裡把它洗乾淨，因此他成佛了。

---

[42] 李利安·H·史密斯著、趙天儀審訂、傅林統編譯：《歡欣歲月——李利安·H·史密斯的兒童文學觀》，台北：富春文化公司，1999，頁 110。

[43] 陳千武《台灣民間故事》，永和：富春文化事業股份有限公司，2000，頁 154-155。

用了「聽說」二字，所謂「用手挖出腸和胃，在水裡把它洗乾淨」的情節就不會顯得那麼不可思議了，同樣的處理方式也可在〈芝山岩的奇石〉[44]中看到。

㈣ 帶著作者個人的思致

若只是單純整理民間故事，那麼編撰者個人的思維或情感較不容易在文章中出現，然而改寫就不一樣了，我們在這本故事集中，從標目、選材、敘述上，都時時可以感受到作者用心經營的地方，因此，有著陳先生濃厚的思致在其中，茲以〈鶯歌石的抗議〉為例[45]：

> 大鳥變成一座頑石，以默默不講話的姿態，顯示對外來侵略的抗議。大家把它叫做「鶯歌石」，也成了鶯歌的地名。

在其他的故事集中，常將重點放在鄭成功英勇帶兵擊敗怪物的事蹟上，然而在這裡作者卻引導讀者作逆向思考——鄭成功和軍隊的到來是一種外力的進入，侵犯了原住民本有的生活，造成不小的影響。這樣的觀察角度，可說是充滿新精神的再創作。

五、結語

相對於台灣豐富的民間故事，陳先生的這部作品，以篇幅而言，實在不能算是「鉅著」，但是就思想內容而言，則可謂別具意義：

---

[44] 陳千武《台灣民間故事》，永和：富春文化事業股份有限公司，2000，頁117。

[45] 陳千武《台灣民間故事》，永和：富春文化事業股份有限公司，2000，頁37。

　　第一，有著民間文學的意義：取自流傳在台灣民間的故事，加以有計畫的改寫，充滿正向的主旨與史地背景，讓原本的故事更深刻，也更具生命力。

　　第二，有著兒童文學的意義：作者本於原有的文學素養，用淺語的表達方式，讓原本屬於成人的故事，適合兒童閱讀。

　　第三，有著作家風格的意義：作者巧妙地將個人思想、看法，融於每個故事中，充分展現自我的風格。

　　近年來台灣的鄉土教學正蓬勃而熱烈的發展，陳先生這本《台灣民間故事》正是一本相當優秀的兒童課外讀物。當然，台灣著名的民間故事仍有很多，我們期待著其他精彩作品的出現。

臺灣少年小說作家施翠峰
及其作品初探
——以〈愛恨交響曲〉與〈歸燕〉二作為例

劉敬洲

摘　　要

　　在這篇論文當中，首先介紹五、六〇年代臺灣少年小說發展概況，再介紹施翠峰生平及其兒童文學創作。當然對於〈愛恨交響曲〉與〈歸燕〉兩部作品的討論是主要核心，論文裡試圖從時代精神與文學屬性的角度加以探討。論文最後將提出關於五、六〇年代文本研究的意義與重要性，呼籲當前學界珍視這些寶貴的資產，加以仔細蒐集、整理與進一步評析。

> 「《白雪公主》、《格林童話》等傳入中國之後，經過精美
> 彩色印刷的媒介，廣泛地深入兒童的世界裡，自己祖先所
> 遺留的童話反而未見有人出版彩色本。未曾聽過〈神郎
> 君〉故事的小學生比比皆是，卻無人不知〈白雪公主〉的
> 大名。」
>
> （施翠峰《台灣民譚探源》，頁 173）[1]

一、臺灣現代兒童文學的誕生

　　無論就戰後臺灣文學發展的歷程，或就臺灣兒童文學發展的過程來看，報紙、期刊提供的創作發表機制都是佔有相當重要的地位。後者就《學友》、《東方少年》、《學伴》等等兒童期刊的創刊與發行而言，為早期本土創作者提供難得的發表園地，然而該類報章雜誌年代久遠、蒐集不易，目前對其內容與屬性在部份論文中只有零星的論述，欠缺全面性的研究成果出現，這是探討此一時期兒童文學發展主要的瓶頸。此一時期兒童期刊的重要性，以 1958 年創刊的《學伴》為例，發行人為曾任臺北商職校長的陳光熙，作家施翠峰、王詩琅都曾經受邀在 1958、1960 年陸續發表重要的少年小說作品〈歸燕〉、〈孝子尋親記〉[2]，兩者皆幸運結集成冊出版[3]，讓後人得以管窺當年臺灣兒童文學的面貌。兩部作品在長期在期刊上連載發表，無論篇幅

---

[1] 引自施翠峰《臺灣民譚探源》。臺北市：漢光文化事業，1988 年 2 月三版。

[2] 對於〈孝子尋親記〉以少年歷史小說觀點視之的有張良澤與林文寶二人，將文本加以檢視歸類為「歷史小說」。見張良澤〈尋根〉序文裡寫道：「這篇小說⋯⋯」，載於玉山版《台灣民間歷史故事》，頁 8-9；林文寶〈王詩琅與兒童文學〉，謂：「又〈孝子尋親記〉，全文約三萬五千字，當以中篇歷史小說視之。」，《東師語文學刊》第七期，頁 194。

[3] 《歸燕》由青文出版社出版單行本，1966 年出版。原收錄於《王詩琅全集：孝子尋親記》一書，為德馨室出版；近年更名為《臺灣歷史故事》後再由玉山社改版發行，1999 年 2 月。

長度或是形式的創新，都為臺灣兒童文學的發展揭起新的里程碑。

更早在《學伴》創刊以前，施翠峰曾任《良友》雜誌社總編輯，該社原為專門出版學生參考書的單位，發行人為回饋青少年子弟而創辦《良友》雜誌，是所謂具有「日本風味」的少兒雜誌，在內容上提供少兒課業指導、兒童文學等等有關的內容，在事業的頂峰時期，出版量在二萬之多，在蕭條時期亦能夠保持在一萬本上下[4]，因此對於當代的兒童文學發展而言，該雜誌的重要性都值得再三探索[5]。施氏在該社所發行的期刊《良友》上發表〈愛恨交響曲〉、〈龍虎風雲〉、〈趙五娘〉、〈李三娘〉、〈默娘〉等長短篇少年小說，可以說為臺灣兒童文學的本土化與現代性取得先聲的地位。而隨後《學伴》於 1959 年創刊，發行人為曾任台北商職校長的陳光熙。陳氏在創刊之初即向施翠峰邀稿並且持續地向他催促，使〈歸燕〉終於能夠順利在第十期刊出。在〈歸燕〉一作連載結束後，王詩琅以「唐山過台灣」為歷史背景的〈孝子尋親記〉又立即上場，可見陳氏對於兒童文學本土化的熱烈期盼、與即知即行的任事風範，因而其在臺灣兒童文學發展的貢獻相當值得更進一步探索。

縱使兒童文學課程已於 1960 年進入師範院校，然而在施翠峰、王詩琅之後創作者並沒有隨及深入耕耘少年小說這畝新生地域。最快要等到 1965 年 12 月林鍾隆在《小學生》雜誌上連載〈阿輝的心〉，才逐漸受到兒童文學工作者的重視，而此時距離施翠峰〈愛恨交響曲〉發表的年代已有八、九年的光景，因而更加突顯施氏的創作在臺灣兒童文學發展過程中的歷史意義。另外，宮川健郎的《日本現代兒童文學》一書，將日本兒童文學發展的過程區分為中世、近代與現代三個時期，針對中世則係以古典文學《御伽草子》、《奈良繪本》為要，以嚴谷小波、小川未明為近代兒童文學的重要開端，而「少年

---

[4] 此據〈施翠峰先生年譜〉，見施氏手稿，未發表。

[5] 然而，因為發行權轉至第二代手中時，隨著經營策略與決策核心的流變，遂將該雜誌社的社務結束。出處同上。

性、散文性與求變的意志」則是「現代性」的重要表徵[6]，就日本兒童文學進入現代的時間而言，則以 1959 年出版的《樹蔭之家的小矮人》為象徵性的起點[7]。無論在形式、內容上，施氏的作品就此而言足以揭示「臺灣現代兒童文學」誕生，且與日本現代兒童文學的發生同時共進。

二、施翠峰生平及其兒童文學作品

施翠峰本名施振樞，1925 年 12 月 9 日出生於彰化縣鹿港鎮，青年時代到臺北就學、就業之後旋即定居北部。其創作涉及文學、美術、民俗學、民間文學等多方面。他與「文壇四丑將」葉石濤、鍾肇政、張彥勳、鄭煥同年，更與張氏是日治時期就讀台中中學時期的同學[8]。施翠峰在台灣文壇成名或因其翻譯的能力受到肯定，在卡繆獲得諾貝爾文學獎時，即受到《聯副》主編林海音女士邀請，在該刊上翻譯卡繆的成名作《異鄉人》，聯載結束之後由聯合報結集成冊刊行。而施翠峰除了翻譯的成就受到肯定之外，其在現代兒童文學的貢獻上，其成果亦可說是豐碩的，特別是在少年小說的創作上留有長篇寫實小說〈愛恨交響曲〉、〈歸燕〉，歷史小說〈龍虎風雲〉，傳記小說〈趙五娘〉、〈李三娘〉、〈林默娘〉等篇。〈愛恨交響曲〉是他的第一部長篇小說作品，創作時期正值事業最繁忙的歲月，當時白天要至師大上課，晚上又要到出版社主持社務[9]。在兩頭忙的情況之

---

[6] 見宮川健郎《日本現代兒童文學》，頁 5。

[7] 前揭書，頁 12。

[8] 關於施氏的生平可參見拙著〈台灣少年小說作家施翠峰〉，《中華民國兒童文學會訊》第 19 卷 4 期，頁 24-25。

[9] 在《文友通訊》中可以見到施氏忙碌的情形，如在十次〈文友來鴻〉中寫道：「我近來特別忙，每個月必須抽出十個晚上為《良友》寫四萬字的文章，十個晚上為師大的授課編講義，只剩十個晚上寫自己的東西。」，見《台灣文學兩鍾書》，頁 367。

下長篇小說〈愛恨交響曲〉的寫作時續時段，往往在要發稿前才伏案寫就，在這種辛苦的工作下有時還常常睡在出版社裡。〈龍虎風雲〉係以「乾隆遊江南」的故事為藍本，而〈趙五娘〉、〈李三娘〉、〈默娘〉則以民間傳奇故事為主要取材，但是經過作者的考證與詮釋進而「符合人性」的描寫。等到《學伴》創刊，施翠峰受到發行人陳光熙的邀請發表〈歸燕〉一作，係以女性為故事主角的少年小說，在創作技巧與敘述筆法都有明顯的改善，是其成熟的兒童文學作品。另外，施翠峰譯作〈三劍客〉亦是值得探討其翻譯風格的代表作品，譯者在翻譯改寫的過程裡時而涉入情節發展中，風趣地為讀者強調、闡釋或補充故事裡的價值觀，這是施氏譯本目前依然在坊間流行的重要原因。

三、〈愛恨交響曲〉與〈歸燕〉的時代精神

㈠沒落的中產階級子弟

角色階級地位的選擇，施翠峰無意識地將其放置在沒落的中產階級子弟上，此與其出生跟生活經歷有關，其核心在藉以傳達知識份子鼓舞少年兒童「勇於生存、追求理想」的欲望。在故事角色階級地位的選擇安排上，茂生的出身雖然是因為父親成為軍伕，而使得家中生計陷入困境，但其過繼給姨母之後的生活亦是較為優渥的。而月霞則是因為父親病亡、母親出走，家庭經濟因而出現難題，與中下階層的生活相較，他們的處境是較為上層的。因而可見施翠峰關注的社會階層，不管是〈愛恨〉或是〈歸燕〉其所意欲處理的並非是對於社會底層的觀照。對此，或許因為五、六〇年代的讀者而言，能夠注意到兒童對於文學的需求，無論是成人或是兒童本身，多數是中產階級或是追求社會地位向上提昇者，其對於少年兒童的期待則透過故事主角加以呈現。而施氏本身的出身與經歷亦使其對於社會環境的認知有所偏限，對於多數處在無助地位的少年兒童，難以真實的呈現他們生活

與心理感受。

(二) 物質缺乏的戰後社會

從施翠峰寫作選擇的題材可以明顯的看到臺灣歷史發展的特殊面向。在〈愛恨〉裡茂生的母親黃淑宜為生存忍心放棄與幼子同享天倫之樂的機會，獨自在鄉下與婆婆相依為命。在淑宜與茂生相認前夕的這段時光是她最難熬的階段，貧病交迫無錢就醫，甚至電力供應也因無力繳交而遭剪斷。「中美合作」的美援經驗亦為五、六○年代共同的記憶，時下已成為臺灣經濟發展過程特殊的符碼，當中提供奶粉給學童飲用是經援台灣的重要措施。茂生要帶領曼麗就學前，就以上學可以喝到牛奶視為值得一提的鮮事。而〈歸燕〉中的情節，則是依靠月霞與祖母相倚的一段來敘述，特別是祖母生病在床時，她必須要以零工換取三餐。在期間還為了工作貼補家用而自動放棄到學校去讀書，幸得張老師的協助才能夠稍為改善，在祖母過世的時候，無錢為其下葬更突顯當時的經濟困境。對於底層社會的貧窮面貌，施氏以冷眼旁觀的角色加以描繪，在淑宜而言，其周圍生活的人們跟她一樣是生活在困苦的境地，在月霞而言，其左鄰右舍也都是窮苦的人們，然而施翠峰對於這些困苦的底層群眾，卻是賦予高貴的情操，讓他們在困苦生活中能夠互相扶持，而讓彼此的生命得以有尊嚴的延續下去。

(三) 日治時期的歷史經驗

再則，關於人物角色的歷史經驗，作者並沒有刻意地規避臺灣人與日本內地間的關係。茂生的父親曾為徵兵到南洋打戰的台籍日本兵，在戰爭結束後獲救到日本去學習經商；而戰前林美津原與丈夫有美好的生活，但是丈夫因病過世後為了逃避婆婆逼其改嫁而回到娘家，在父親的貼心安排下跟著日本人學習音樂，戰後趁機跟著老師前往日本留學，直到學有所成的時候才返回臺灣。對於日本統治臺灣五十年的歷史經驗，其影響自然是十分深遠，並非是三言兩語可以道盡，而且與施氏同一時期的作家而言，青少年階段是在日治的「天皇

年代」中度過，一生中最重要的學習階段接受的是日式的現代教育。兩者都因為到日本去而使其本身的經驗呈現正面的改變。故事發展過程中，雖然主角都經歷過一段艱辛的尋母歷程，但是對於結局的表現，施翠峰都給予完美的結局，茂生因為父親的出現適時解救他免於繼續受犯罪集團的控制，而且因為父親經商成功，對於其後生活亦有所保障。月霞則是在與音樂老師林美津相認，暗示其對於音樂的愛好得以繼續。

㈣ 犯罪題材的書寫

施氏對於犯罪的題材頗為關注，像〈愛恨〉中茂生啟程尋母後即受到犯罪集團的控制而陷於難以脫困的境地，若非巧遇其父即時出現後果則是難以想像。〈歸燕〉裡的月霞，則是因為在女子學校的儲藏室裡過夜，偶然發現前來偷琴的竊賊，而成為事件的受害者。在施翠峰作品中的犯罪者，都是社會上的成人，有的因為物質的享受，有的受限於生活所迫，而陷入社會犯罪。施翠峰對於這些犯罪現場的描寫十分流暢，彷彿是在聆聽電台放送的廣播劇一般。另外，對於打麻將的題材分別有不同程度的描寫，對於茂生的後姨母則因為執迷於麻將而忽略家庭生活的經營與個人健康的維護，是其對「萬惡賭為首」傳統信念的直接表達。而〈歸燕〉裡會打麻將的周媽媽，她是非不明誤解月霞為偷錢的人，在故事發展角色的扮演上是傾向負面的。

㈤ 纖細的少女心思

人物刻畫可以從生理與心理兩個面向加以討論。在施翠峰的作品中以許月霞的少女形象刻畫最為生動活潑。相較於月霞的明朗，茂生的描寫則較為平板，在生理與心理特質的呈現上，都不若許月霞。茂生出場時正站立台南古城的赤崁樓上，此時的他正在為姨母的病擔憂著，從其思路考察發覺他的思想頗為成熟，是個十足的小大人。而月霞的出現則是音樂會前夕的傍晚，是在隨著王東洲訪問林美津的情節發展中逐步淡入、故事發展到中途時再對其身平特寫補述呈現。施

翠峰對於少年兒童形象的刻畫傾向善良美好的一面，像是茂生、曼麗，或是月霞、明玉，而對於〈歸燕〉中的莉莎雖然扮演著驕縱任性的富家少女，但是其本性亦是不壞，知恩圖報、不願意懷疑月霞。而在成人形象的刻畫上則呈現較多元的面貌，有慈悲善良的張老師、真誠坦率的王記者、溫柔婉約的林美津，也有反面角色的後母、犯罪集團、多疑的周伯母、房東太太。

月霞出場時是個蓬頭垢面的少年，但事實上是個女兒身。施翠峰對於許月霞女性性別的揭露，在情節發展過程中處處留下蛛絲馬跡但卻不直接敘述，而使情節發展流露出偵探小說般的懸疑味道。從月霞一出場，從其衣著打扮直觀判定是個少男，但從其清秀的容貌推斷應該是個少女，只是故事主角與作者都刻意要誤導讀者的認知。透過作者刻意對月霞女性意識特質的書寫，可以發覺她心思十分細膩，對於「男女有別」、「授受不親」的觀念深烙在心版上。阿呆從竊賊的魔掌中逃出時，適巧遇到從女子中學打聽訊息回程的東洲，東洲要阿呆抱著他時立刻顯露出臉紅與不安的思緒。在趙醫師詢問她的性別時，以醫師的專業認知，對於十四歲已步入青春期的認識，他清楚月霞的性別但是明知故問，月霞雖然堅持說自己是男兒身，但事實上已無法瞞過趙醫師的法眼。對於〈歸燕〉裡角色的刻畫，無論是許月霞、林美津、王東洲或是張老師、陳書尚，其個性都至為明顯，許月霞的機警、林美津的婉約、王東洲的直率、陳書尚的果斷，都讓人留下深刻的印象。而月霞為何以女扮男性的角色呢？其理由雖說十分單純，只是為了在街上行動方便，因為男性的身份在街上可以免去一些不必要的騷擾，讓她能夠安全地活動。

㈥ 曼麗的角色扮演

　　鍾理和曾說〈愛恨交響曲〉裡曼麗的角色安排頗為特別 [10]，因為

---

[10] 鍾理和謂：「另外本篇還多了一個富於同情心的少女曼麗似乎有點特別，但也不是很新。」見《台灣文學兩鍾書》，頁 365。

她對於茂生的同情與認同，與傳統後母故事裡的異母兄弟姊妹相去甚
遠。曼麗為茂生後阿姨（相當於後母的角色）與前夫所生，在母親改
嫁時隨著到姨丈家。如果套用〈灰姑娘〉故事裡的劇情，則後母的兒
女是嬌生慣養、恃寵而驕，對於茂生原本是不必多費心與其交往，但
在作者的描繪上，曼麗卻有著純真兒童的高貴心靈，對於茂生能夠關
心、認同，進而與他相依為玩伴與學伴，甚至在茂生受到委曲、軟禁
時，能夠為他送飯，在茂生準備逃離困境時，適時地幫助他脫離。然
而曼麗的遭遇卻是「真正不濟」的，幼年時期生父過世，母親改嫁後
濫賭成性、繼父又因為走私而受到法律治裁，雖然故事發展初期隨著
母親改嫁，後父與母親給予良好的家庭地位，但是最終卻遭遇到無父
無母的結局。

(七) 歌詞鑲鉗的勵志與抒情

施翠峰的兩部作品同時以歌曲名為篇名，透過歌詞傳達或抒發
主題意識，情節發展的過程中鑲嵌「歌詞」是為它們共同的傳達模
式。歌詞〈愛恨交響曲〉在其作品中是鼓舞故事中少年勇敢向前、
〈歸燕〉則是代為抒發主人翁的情感。茂生在姨丈另娶新歡後，帶領
曼麗前去就學，因而站立在前班級門外聆聽導師教唱〈愛恨交響
曲〉，歌詞中的含意鼓舞他不畏暫時的困境，勇往直前必定能夠重見
陽光。而月霞則是隨著張老師前往新竹後，因為有機會陪伴明玉學習
鋼琴而跟著練習，在鋼琴比賽的自選曲目上則挑上〈歸燕〉一作，因
為此時的她已經知道生母並沒有緊隨生父死亡，是在祖母給予的婚姻
壓力下離開的，因為對於尋找生母的下落一直成為她追求的目標。但
是對於無助的她而言，要去那裡找尋母親呢？這是難以著手的重大問
題。〈歸燕〉一曲裡「燕歸人不歸」是象徵失散的母親下落不明，因
而藉著練琴的機會抒發內心的困境。

(八) 性別平衡與女性意識

施翠峰對於〈歸燕〉角色的構思曾言：為使其創作達到性別平

衡的功能，免去其創作一味以男性為主角過於陽剛之氣[11]。對於〈歸燕〉裡的角色，出現的男性主要有記者王東洲、醫生郭醫師與犯罪集團的幾位，除了王東洲外，餘者都只是點綴性質的出現在故事當中的幾個片段。相較於故事裡的男性的淡化，女性角色在該作的地位相對的提高，特別是林美津與許月霞的描繪佔有吃重的份量。許月霞與林美津在五〇年代的性別地位而言，是屬於前衛的女性角色，但在問題的解決上依然只是跟隨著感覺走，欠缺主動攻勢。林美津在夫婿亡故之後，能夠抗拒婆婆的安排，堅決不改嫁其小叔而隻身返回娘家，並且於戰後前往日本學習音樂，象徵女性獨立自主與追求成長的意義。對於婆媳之間的爭執在於一般文學裡的描述並非罕見，然而在兒童文學創作中此為不可多得的作品。婆媳之間的戰爭，傳統意識裡以悲劇收集居多，但是作者讓林美津回到娘家去，又為了避開社會輿論的壓力到日本去留學，對林美津個人而言實為反抗傳統宿命的安排。但是她在學成返國之後，對於其女月霞的追尋卻是處在被動與缺乏施力的狀態，若不是在事件的諸多巧合的安排下，要與月霞相認的機會有多大呢？這是十分值得仔細考量的。

四、作品的幾點特色

(一) 尋母主題與通俗題材

施氏兩本作品的主題都是藉著「尋母主題」而啟動，其後王詩琅的〈孝子尋親記〉、林鍾隆的〈阿輝的心〉亦是直接或間接的與此類題材有某種程度的關聯，這是施翠峰的作品相當值得與當時的兒童文學作品進行比較的主要原因。二次戰後的現實環境呈現貧窮落後的景像，但是物質生活的缺乏並非是親子疏離的主要原因，更重要的是對於心理需求無法滿足所導致。五〇年代的白色恐佈對於當代的知識

---

[11] 此據〈施翠峰先生年譜〉，見施氏手稿，未發表。

份子而言，其心理的壓抑難以疏解，因而轉而藉著尋找母親給予心理上的撫慰。作者透過對故事情節的掌控安排、隱晦而安全地抒發現實環境遭受到的苦悶。

茂生與月霞的啟程動力都直接著力於受到誤解，其是否為對於社會現實隱晦的反抗呢？茂生在某日清晨撿拾雞蛋時，因未拿穩將蛋打破而受到後母誤解為故意的行為，使得茂生在阿省婆的啟發之下前往北部的南港故居找尋生母。而月霞則是在祖母過世後隨著張老師到新竹，在張老師的友善照料之下，月霞此時的處境相當的危險，她與茂生一樣容易陷入安逸生活中而失去鬥志，但是卻在某日練琴時遭到誤解是偷錢的竊賊，為了維護張老師的名譽，她決心帶著母親遺留的信物到臺北尋母。無論是月霞或是茂生，在於尋母的主題上都呈現著較被動的角色，是為了規避被誤解的心理困境。施翠峰對於這兩個角色的安排，雖說是主動性較缺乏，但是對即將成年的少年而言，考量其能力與思維正處於啟蒙時期而言，對於情節如此的安排亦是無可厚非。在施氏的作品裡，對於社會環境的具體描寫相當真實的呈現戰後臺灣的社會風貌，但是若期待作者對主人翁的內外心理層面多著墨些，則是過份的要求了。施氏的作品風格具有通俗文學的屬性，在人物、情節與故事的表現上講求簡捷有效，但是對於內在心理的揣摩則易流於一廂情願，使其角色個性的掌握相當容易，即是所謂的「好人好得沒話說，壞人壞得沒人性」[12]。但是施氏作品的成功，正因為題材選擇與社會現實生活結合，角色扮演善惡分明容易引起閱讀者的感同身受的心理反應。

學習創作的過程對揣摩其它的作品是重要的竅門，對此而言，某種已知結構的臨摹或是借用在文學創作是十分常見的現象。從施氏創作的情節結構、故事題材，容易的可以從中整理出幾個發展模式與

---

[12] 鍾理和謂：「本篇的故事單純牽強而陳腐，缺乏真實感，人物全都生活在道德世界，善惡二型分得極其清楚，好的好到沒人性，壞的壞到絕頂，…」，《台灣文學兩鍾書》，頁 365。

其它名著中有些雷同；〈愛恨〉一作裡〈灰姑娘〉、〈萬里尋母〉、
《孤雛淚》的身影清楚易辨；〈歸燕〉則可見到〈乞丐王子〉、〈醜
小鴨〉的類似情節，然而施氏對此類情節設計的借用並非只是生硬的
套用，而是經由細心與巧妙的剪裁、變裝與組合，讀者必須透過對文
本的閱讀與分析才能清楚作者的設計之處。施氏的作品偏向通俗的題
材，對於人物與環境的描寫處處保持著理性，在行文風格上力求淺顯
易懂，對於故事的呈現而言則呈現著隨性的筆觸。鍾梅音在評介施氏
作品《日韓琉之旅》時寫道：「施先生以前為文頗重技巧，這本書可
能由於受了日本作家武者小路實篤的影響，也可能由於體裁的關係，
他想用一種樸實自然閒閒散散的筆調寫出來，因此結構略嫌散漫。」
[13]，從這一點可以看出其寫作技巧與態度上基本的改變。

(二) 短篇小說的寫作技法

　　情節鋪述上，施翠峰習慣以倒敘手法表現，特別是〈愛恨交響
曲〉中的幾個情節，而且明顯地可以發現到幾個故事情節串連的痕
跡，類似取法於〈灰姑娘〉、《孤雛淚》、〈萬里尋母〉等知名作
品，施氏將情境、人物轉化在現實的生活環境中。〈愛恨交響曲〉以
短篇小說的表現手法，將數個主要故事情節加上串連成為完整的篇
章，在故事與故事之間的連接，明顯可以見到期刊連載體的刻痕，像
是茂生尋母啟程的夜晚，若不再三推敲則容易使讀者產生混淆，此為
一例。因為故事發展大致上循序漸進，而使得情節發展的速度較為遲
滯。而〈歸燕〉一作，係為倒敘手法表現，利用倒敘手法將故事敘事
的時間壓縮在短短的三天之內，使得情節的發展變得十分緊湊。由林
美津開演奏會前夕到正式演出，但是其間又穿插補敘以交代許月霞北
上成為「流浪兒童」的經過。在演奏會前夕，記者王東洲到某某女子
中學採訪林美津，與衣衫襤褸的少年阿呆巧遇，在相貌與衣著的不相

---

[13] 鍾梅音〈施翠峰其人其書——兼談《日韓琉之旅》〉，頁 69-73。收錄於鍾著
《啼笑人間》，1977 年 5 月，皇冠出版社。

稱之下，一開始阿呆的性別角色即遭到質疑，但是因為衣著打扮與時
間的倉促讓他放棄繼續探索的機會。在採訪結束後的當晚，該女子中
學即發生竊案，而且因為阿呆為了強記竊賊吉普車車牌號碼而涉入竊
盜案的紛爭中，故事的情節發展於是在時空交錯之下層層揭開。敘述
裡慣用人物回憶或作者補敘的技巧倒敘，其中致為明顯的是在第十三
小節處，阿呆在王東洲的住處休養時，因為心情的放鬆而回憶這些日
子以來的遭遇。無論是〈愛恨〉或是〈歸燕〉，作者都採補敘的方式
將故事主人翁的身分與境遇向讀者揭示。〈愛恨〉茂生在古城赤崁樓
的夕照美景下沈思而揭開序幕，等到第二節處作者娓娓道出他的出生
與過繼給阿姨的來龍去脈。在〈歸燕〉裡作者描寫的功力已更上層
樓，在阿呆第一天的生活近了尾聲之際，才利用她臨睡前的片刻回憶
多年來的際遇。這些倒敘、補敘的手法對於作者而言，有其個人美學
上思維的痕跡，因為在〈愛恨〉發表完結的時候，施氏對於自己創作
的藝術表現頗為不滿，曾言「還摸不出怎樣才是好的長篇」[14]，但是
以〈歸燕〉的結構設計而言，發覺作者在情節發展的安排較為生動是
明顯的改善之處。

五、結語

　　透過戰後初期作品紀錄當年普遍的貧窮現象，相較於其它的兒
童文學作品而言，施翠峰的作品則是存在著更多可取的部份，他願意
將社會的現實帶去兒童文學作品中，而非只是「王子公主式」的夢幻
童話而已，這可以說是臺灣現代兒童文學的重大進步，而且這兩部作
品的成功讓文學工作者認識到兒童文學本土化與少年小說型式的可行
性，像在 1960 年 11 月《學伴》期刊裡跟隨著〈歸燕〉一作發表的歷
史小說〈孝子尋親記〉，與 1965 年 12 月《小學生》發表的〈阿輝的
心〉，都明白地表現出臺灣兒童文學中「少年性」與「鄉土性」的取

---

[14] 《台灣文學兩鍾書》，頁 390。

得，已經是可行而且為迫切的發展態勢。

　　最後，對於五、六○年代臺灣兒童文學作品的研究，目前而言還處於起步的階段，主要工作重點還放在蒐集與整理的階段，對此要為這些已出土的作品嘗試做個定論，似乎是盲人摸象容易失之偏頗，故當前這篇論文尚無力為施翠峰的兒童文學作品做個總結，只是提供閱讀者探索過程中所思所考的幾個面向，以為拋磚引玉期待來者進行全面且深入的考察。

參考文獻

一、專著書目

王詩琅　《台灣歷史故事》　台北市：玉山社出版事業　1999.2

邱各容　《兒童文學史料初稿 1945-1989》　台北縣：富春文化事業　1999.4

施翠峰　《台灣民譚探源》　台北市：漢光文化事業　1988.2

施翠峰　《台灣鄉土的神話與傳說》　彰化縣：彰化縣立文化中心　1995.6

宮川健郎　《日本現代兒童文學》　黃家琦中譯　台北市：三民書局　2001.4

葉石濤　《台灣文學史綱》　高雄市：春暉出版社　2000.10。

劉敬洲　《六○年代臺灣少年小說作品初探》　東師兒文所碩士論文　2002.12

鍾肇政、鍾理和　《台灣文學兩鍾書》　台北市：草根出版事業　1998.2

二、單篇文章

林文寶　〈王詩琅與兒童文學〉　《東師語文學刊》　第七期　頁117-219

施翠峰　〈施翠峰先生年譜〉　未發表　作者提供

洪文珍　〈1945 年-1990 年臺灣地區少年小說的發展趨勢〉　《華文兒童文學小史》　頁 80-95

張良澤　〈尋根〉　《台灣歷史故事》　頁 8-9　台北市：玉山社出版事業

趙天儀　〈少年小說的寫實性與鄉土性──以戰後早期臺灣少年小說創作為例〉　《兒童文學與美感教育》　頁 106-125

劉敬洲　〈台灣少年小說作家施翠峰〉　《中華民國兒童文學學會會訊》　第 19 卷第 4 期　頁 24-25

蔡尚志　〈台灣兒童文學今何奈？〉（上）　《教師之友》　第 39 卷第 5 期　頁 23-27

蔡尚志　〈台灣兒童文學今何奈？〉（下）　《教師之友》　第 40 卷第 1 期　頁 49-57

鍾梅音　〈施翠峰其人其書──兼談《日韓琉之旅》〉　《啼笑人間》　頁 69－73

三、施翠峰的兒童文學作品

《愛恨交響曲》（長篇創作小說）　《良友》連載　青文出版社　1966

《龍虎風雲》（歷史小說）　《良友》連載　東方出版社　1963

《趙五娘》（傳記小說合集）　《良友》連載　東方出版社　1964

《歸燕》（長篇創作小說）　《學伴》連載　青文出版社　1966

《三劍客》（翻譯小說）　東方出版社　1964

《台灣の昔話》（日文，世界民間文藝叢書第五卷）　東京三彌井書店　1977

一步一履痕，跨越語言
藩離的張彥勳

邱各容

摘　要

　　在台灣早期本省籍作家群中，既從事成人文學寫作，也從事兒童文學創作，寫作歷史長達三四十年以上的教師作家，張彥勳是一位頗有名氣的作家。作品包含小說、詩及兒童文學作品。

　　張彥勳和其他跨越語言的同代作家一樣，從小受日本教育長大，戰後才從ㄅㄆㄇ開始學習中文，他們是從層層障礙中，以披荊斬刺的姿態殺出一條血路。他們在文學上的成就是大家有目共睹的，值得敬佩與肯定。張彥勳和陳千武、施翠峰、葉石濤、林鐘隆等被鐘肇政稱為是「戰後第一代台灣作家」。

　　張彥勳的作品，平實而扎穩，尤其是小說，大都以鄉村為背景，刻畫鄉野人家的生活形態和思想觀念，文字樸實無華，形容入木三分，著實予人無比親切的感受。作品有《芒果樹下》、《川流》、《海燈》、《砂粒砂》、《驕恣的孔雀》、《蠟炬》、《仁美村》、《他不會再來》、《淚的抗議》等。其中以《驕恣的孔雀》和《海燈》獲得較多的佳評。

　　詩，是張彥勳生命中重要的一部份。他曾經是日治時期台灣新詩運動的熱心推動者之一。在中學時代曾創辦「銀鈴會」，發行詩刊《緣草》，並擔任主編。假如當年未曾中斷，如今未嘗不是名噪一時的大詩人。《幻》、《桐葉落》皆由「銀鈴會」印行。這部兩詩集，卻在張彥勳的生命史頁上閃爍著耀眼的光芒。他同時也是「笠」詩刊十二位發起人之一，著有《朔風的日子》（詩集）。

　　在七〇年代末期以前，張彥勳所寫的作品，大半是成人文學作品。至於兒童文學作品多半發表在《小學生》、《好學生》、《兒童月刊》、《學生科學》、《國語日報》、《中央日報》等報刊雜誌。

　　《獅子公主的婚禮》是張彥勳的創作選集，內容包括「詩歌」十首和「童話故事」五篇。他的詩有「童話詩」的動人和「兒童詩」的可愛。他的童話故事讓人從字裡行間不難發現作者文字技巧的「成熟」和文學氛圍的「濃郁」。

　　《阿民的雨鞋》和《兩根草》、《小草悲歌》是張彥勳的三本少年小說集。《阿民的雨鞋》是張彥勳的第一本少年小說集，《兩根草》以「勇氣勝過一切」為主題，被趙天儀教授譽為《苦女努力記》。

　　除了創作，張彥勳還翻譯《木偶奇遇紀》、《尋母三千里》、《媽媽的眼睛》等外國兒童文學名著。

　　張彥勳的文學生命多采多姿。從年少多狂到「瞎了一隻眼睛」，還汲汲於文學的寫作。從成人文學到兒童文學；從用日文寫作到中文創作；從創作到翻譯，他始終是「一步一屐痕的執著」。

　　一九七二年間，因罹患青光眼而右眼失明，在這種情況下，他依然完成一篇三千多字的〈我瞎了一隻眼睛〉發表於《台灣日報》副刊，復經《台灣文藝》轉載，讀者閱讀之餘，莫不深受感動。

　　神交這位跨越語言藩籬的前輩作家，寄予無限的追思和感念。

一、緒論

二次大戰太平洋戰爭結束後，從小受日本教育長大的本省籍作家，絕大部份都是從ㄅㄆㄇ開始學習中文，企圖跨越語言的障礙，他們從層層障礙中，以披荊斬刺的姿態殺出一條血路。[1]

在這一群跨越語言藩籬的本省籍作家，像張彥勳、施翠峰、葉石濤、吳濁流、詹冰、林鍾隆等都是曾經擔任教職的教師作家，也是被鍾肇政稱為的「戰後第一代台灣作家」[2]。放眼台灣文壇，他們在文學上的成就與努力，是大家有目共睹的。像張彥勳《驕恣的孔雀》（短篇小說集）[3]、《兩根草》（少年小說集）[4]、施翠峰《愛恨交響曲》[5]、《養子淚》（少年小說）[6]，葉石濤《台灣文學史綱》（文學史）[7]，吳濁流《亞細亞的孤兒》（中篇小說）[8]，林鍾隆《阿輝的心》（中篇少年小說）[9]，詹冰《太陽·蝴蝶·花》（童詩集）[10]，陳千武《媽祖的纏足》（詩集）[11]。這都是名噪一時的名著，都將在台灣文學發展史上留下難以抹滅的印痕。

張彥勳早期從事成人文學寫作，大都以鄉村為背景，刻劃鄉野人家的生活型態和思想觀念，文字樸實無華，形容入木三分，著實予

---

[1] 鍾肇政撰〈血淚的文學、掙扎的文學〉,《台灣作家全集·短篇小說卷別冊》頁 22.前衛 1994.3.

[2] 同註1。

[3] 張彥勳著，水牛 1968.9.

[4] 張彥勳著，聞道 1973.8.

[5] 施翠峰著。

[6] 施翠峰著，青文。

[7] 葉石濤著，春暉，1987.2.

[8] 吳濁流著，草根，1995.7.

[9] 林鍾隆著，小學生雜誌，1965.12.

[10] 詹冰著，成文。1981.3.

[11] 陳千武著，笠詩社，1974.

人無比親切的感受。作品有《芒果樹下》[12]、《川流》[13]、《海燈》[14]、《沙粒沙》[15]、《蠟炬》[16]、《仁美村》[17]、《他不會再來》[18]、《淚的抗議》[19]、《驕恣的孔雀》等九冊。其中以《海燈》和《驕恣的孔雀》風評較佳。

　　詩，是張彥勳生命中重要的一環。他曾經是日治時期台灣新詩運動的熱心推動者之一。[20]在中學時代，即與文友創辦「銀鈴會」，該會係一研究文學創作之團體，發行詩刊《緣草》，並擔任主編。戰後，「銀玲會」雖因語言的問題而告停頓，《緣草》也一度改名為《潮流》，終至停刊。但正如大多數跨越時代的台灣作家一樣，張彥勳在沈潛一段時日之後，從注音符號開始學習中文，始由日文跨越到中文寫作。一九五八年。以中文再出發的張彥勳，從詩作家搖身一變為小說家。[21]《幻》、《桐葉落》這兩部詩集，都由「銀玲會」印行。這兩部詩集，在張彥勳的文學生命史頁上閃爍著耀眼的光芒。一九六四年六月，張彥勳參與成為「笠」詩社創社十二位發起人之一，《朔風的日子》[22]則為「笠」詩社印行的詩集。

　　在七〇年代以前，張彥勳所寫的作品，大半是成人文學作品。也就是說，七〇年代是張彥勳由成人文學轉向兒童文學的分水嶺。這其中，以兒童文學的創作為主，惟依然持續小說創作。從一九五八年

---

[12] 張彥勳著，野風，1963.9.
[13] 張彥勳著，實踐，1966.10.
[14] 張彥勳著，商務，1970.2.
[15] 張彥勳著，王家，1972.4.
[16] 張彥勳著，恆河，1970.9.
[17] 張彥勳著，台灣省新聞處，1973.5.
[18] 張彥勳著，三信，1974.6.
[19] 張彥勳著，益群，1975.2.
[20] 彭瑞金撰，〈一步一履痕的執著-張彥勳集〉，《台灣作家全集·短篇小說卷別冊》頁83，前衛，1994.3.
[21] 同註20。
[22] 張彥勳著，笠詩社，1986.2.

以迄一九七五年的十數年間，是張彥勳小說創作的豐收期，大約發表了九十篇左右的中短篇小說，分別集結在《芒果樹下》、《蠟炬》、《淚的抗議》等九部小說集裡。

一九七二年，張彥勳因青光眼入院，不顧醫師的囑咐，完成一篇長達三千多字的〈我瞎了一隻眼睛〉，發表在《台灣日報》副刊，復經《台灣文藝》轉載，凡讀過該篇作品者，無不深受感動。[23]

從成人文學轉換寫作跑道的張彥勳，以其豐富的創作經驗，使他在為兒童寫故事的時候，順利的融合了小說的技法。[24] 他的寫實的筆，觸及到小孩子的心理活動。他是小孩子們的小說家，因為他不只是描繪了孩子們的「所見」，同時也描繪了孩子們的「所感」和「所思」。[25]

本文探討的重點在張彥勳從事兒童文學創作及其寫作風格與環境的關聯性的探索。「一步一腳印，一書一世界」，此正是張彥勳文學生命的寫照。

雖然張彥勳的兒童文學作品成集的只有《兩根草》（一九七三年）、《獅子公主的婚禮》（一九七三年）、《阿民的雨鞋》（一九七九年）、《小草悲歡》（一九八一年）四本，卻相當受到重視。雖然他的兒童文學作品不若成人文學作品來得豐富，卻各有千秋。對一位身兼成人文學作家和兒童文學作家的張彥勳而言，能夠突破語言的障礙，悠游中文創作的天地裡，在台灣文學及台灣兒童文學發展過程中，卻能夠有所表現，各佔有一席之地，而贏得佳評，此生此世，可以了無憾事。

---

[23] 曾信雄撰，〈默默耕耘的張彥勳〉，《國語日報兒童文學周刊》，第 34 期。1972.11.19. 第 34 期。

[24] 《阿民的雨鞋》頁 5，長流，1979.10.

[25] 同註 24，頁 6。

二、時代更迭與寫作的轉向

　　三〇年代出生的張彥勳，一生身跨日治及戰後兩個時代，從熟悉的日文到陌生的中文，寫作從年少的文學青年，歷經政治環境的變遷，一度沈潛再復出，復出之後，寫作園地從《野風》、《台灣文藝》、《文藝月刊》、《青溪》、《文壇》、《中華日報》、《青年戰士報》等文學雜誌和報紙副刊轉換到《小學生》、《好學生》、《兒童月刊》、《學生科學》等少年刊物及《國語日報》、《中央日報》兒童版。而這也足以證明，張彥勳的文學之筆，始終不曾間斷過。

　　或許是長年生活在后里鄉下，或許是長年從事國民教育，或許是有鑒於孩子在兒童時期需要有能夠讓他們修身養性、奮發圖強的讀物加以滋養、灌溉、播種，使其努力向上做一個對國家有所貢獻的人。這樣的兒童文學理念，反映在張彥勳的作品上，則是充滿濃厚的載道文學觀。

　　一九七一年，因青光眼入院，而「瞎了眼睛」。病後，在視力極差的情況下，致力於兒童文學之創作與迻譯，出版有《阿民的雨鞋》等兒童小說集，小說創作則暫時劃下了休止符。[26]

　　這是彭瑞金在《台灣作家全集短篇小說卷·別冊》所做的敘述。但是曾信雄在〈默默耕耘的張彥勳〉一文中指出：

> 張彥勳這二十幾年來所寫的作品，大半是成人文學作品，按照常情而論，他的兒童文學作品一定是充滿了「大人味」，可是，當我讀過這幾篇以後，卻發現完全不是這麼回事。[27]

---

[26] 同註20，頁84。

[27] 同註23。

他更進一步指出：

> 像五十六年間（一九六七年）在《國語日報》少年版發表
> 長達一百二十四行的童話詩〈小麻雀的眼淚〉，就是完全
> 採用「兒童口語」寫成的。[28]

可見，張彥勳的寫作轉向應該是早於一九六七年。但是，說七
〇年代是張彥勳由成人文學轉向兒童文學這一點是可以肯定的。

一生節儉淡泊，不擅交際，獨自樂在自己的藝文天地，張彥勳
可說是「一書一世界」的篤行者。對一個很不會說話，不會說得很得
體，更不懂得如何炫燿自己，他只有一本初衷，透過文筆寫出自己滿
意的作品，以答謝讀者的愛護，張彥勳就是這樣一位默默耕耘的作
家。

雖然長年住在鄉下，卻始終沒有忘情於文學的創作。無獨有
偶，蟄居屏東新園鄉下的黃基博，也是一位不忘情於兒童文學創作的
教師作家。

由於時代的更迭，張彥勳由文學青年的詩人，轉為小說家，復
由小說家再轉為兒童文學家。儘管寫作文體一再改變，寫作身分一再
轉換，但是張彥勳的寫作風格始終一本初衷——以鄉村為舞台，寫出
鄉野人家的風土民情，無論是小說或是少年小說，莫不皆然。

三、載道文學觀左右故事的寫作

身兼教師與作家雙重身分，在作品中充滿「文以載道」的文學
觀是極其自然的事。而論者卻嘗以為會對文學作品本有的美有所損
害。

茲以〈小麻雀的眼淚〉為例，該首詩發表於一九六七年十一月

---

[28] 同上。

的《國語日報》少年版。詩長達一百二十四行，傅林統認為這是張彥
勳所寫最長的詩。它是一首童話詩，也是一首敘事詩。作者將可以寫
成一篇童話或故事的材料，以「詩的形式」寫成。

文為心聲，作者透過作品強調其教育價值。因為這首詩，教育
性很高。

試舉該詩第十五段為例：

> 「爸！我害死了一隻鳥。」
> 阿城說，眼眶紅紅，
> 難過得要哭。
> 「孩子」爸爸說，
> 「只要你知道錯就好啦，
> 以後可別再捉小鳥去。」
> 阿城點點頭。

再舉結尾第十六段為例：

> 阿城把小麻雀送回去，
> 送到樹林上的窩巢裡，
> 阿城不再捉小鳥了。
> 阿城要做個好學生，
> 好讓老師高興，
> 阿城要做個好孩子，
> 好讓爸媽歡喜。

論者以為這些話，對孩子而言，固然很有益。但是，就寫作而
言，不但是多餘的尾巴，也將損害到文學作品本然具足的美，論者提
及兒童文學有教育性，甚至於有教育使命。但是，從事兒童文學創作
的人，常常為「使命」所迷，而忘了自己的創作是「文學作品」。

創作者只要在文學上盡情發揮其功能，自然就產生教育效果。換句話說，文學功能與教育效果是一體兩面，是等量齊觀的。論者進一步指出，文學作品的教育性，並非一定要以教師的口氣來向兒童說教，而是來自對作品的感動。潛移默化才是文學作品的高度效果。「隱喻」突顯文學作品的美，而「明喻」則暴露教條式的迷思。

其實，教師作家們雖然時時警惕自己創作文學作品時不要踏入「教條的誤區」，避免破壞文學作品的美。但是，依舊避免不了踏入「教條誤區」的宿命。筆者以為，如果過度強調文學的「美」，是否會喪失「文以載道」的「真」？是以，筆者認為適度轉換文學作品的教育功能，不但不會破壞文學作品的美，相反地，對於文學作品的美更具加分作用。「潛移默化」是隱性的教育功能，「感動」則是顯性的閱讀效果。

四、情境寫作製造故事高潮

由新詩熱心推動者轉換跑道成為小說家的張彥勳，由於豐富的創作經驗，使他在為兒童寫故事的時候，順利的融合了小說的技法。林良認為「這是小朋友的福氣」。[29]

五、六〇年代的少年小說，多半是先在報刊雜誌連載而後再出單行本。像施翠峰的《養子淚》在《良友》連載；《歸燕》在《學伴》連載。像林鍾隆的《阿輝的心》在《小學生》連載。至於張彥勳的《兩根草》則在《國語日報》少年版連載。

《兩根草》是以「勇氣勝於一切」為主題，描寫黎明和阿華兩姐弟好像兩根嫩草，她們堅強的活著，不怕風、不怕雨，以堅忍不拔的奮鬥精神，克服一切困難，令人感動的少年小說。「草是根深蒂固的，任人踐踏，仍然茁壯成長。」張彥勳把黎明和阿華兩姐弟比喻在風雨中的嫩草，只要有一絲希望存在，就不至於絕望；他更進一步揭

---

[29] 《阿民的雨鞋》頁 5，長流，1979.10.

藜了「勇氣勝於一切」的生命真諦。因此之故,趙天儀將《兩根草》譽之為台灣版的《苦女努力記》。[30]

《兩根草》的主題明確,動人心弦。它不但給正在奮鬥中的人「鼓舞」,同時也喚醒社會大眾不要忽略和環境奮鬥中的「小草」。這種人道關懷的精神和當年台灣省政府所推行的「小康計畫」、「仁愛工作」正好相符。

人物的刻劃、情節的安排、寫作的技巧是小說所以能夠傳神之處。張彥勳是位具有豐富寫作經驗的小說家,塑造出聰明、可愛、天真、活潑,而又堅毅不屈的女孩－－黎明,慈祥而堅韌的母親,天真無邪的弟弟阿華,老好人一個的舅父,短見無知的舅媽,以及教育愛化身的伍老師等等,人物固然不多,卻個個栩栩如生。

動人的情節緊扣人心。張彥勳在小說中佈下若干「兩難」的情境,讓讀者一頭栽進他的小說世界。

> 啊!母親病危了,怎麼辦?要是果真有個三長兩短,我跟弟弟將成為孤兒了。媽!振作些!不能死!您不能死啊!您能忍心撇下我跟弟弟嗎?振作些吧!媽!我馬上回去陪您。可是……啊……明天是升學考試,我該怎麼辦?如果放棄這個機會,我將再沒有機會升學了。怎麼辦?我該怎麼辦?黎明一時心慌意亂的不知如何是好。[31]

媽媽的病危通知,造成黎明抉擇上的兩難困境,「赴考」或「奔喪」?讀者不禁也會替黎明操心,結果黎明的抉擇令人激賞。傅林統認為「這種設下『左右為難』的境地,正是作者筆法高妙的所在。」[32]

---

[30] 趙天儀著,《兒童文學與美感教育》頁 121.富春 1999.1

[31] 張彥勳著,《兩根草》頁 50.富春.2000.3.

[32] 林桐撰,〈《兩根草》評介〉,《國語日報兒童文學周刊》第 100 期 1974.3.10.

這只是張彥勳在小說鋪陳中塑造兩難情境的片段之一。故事的高潮在弟弟阿華滿懷希望到車站迎接姊姊黎明回來，作者安排一場「車禍」。「念一改觀萬象異」，就因為這場「意外」，舅媽的態度轉變了，她認為這次車禍，是她間接造成的，因為她過去對待黎明姐弟實在太刻薄、太冷酷；而且這一次，要不是她刺激阿華，阿華也不會跑去平交道等黎明的。她因為這場意外的車禍而感到後悔；不但如此，這場「車禍」，同時也贏得社會大眾的喝采和同情。圓滿的結局，證明了「勇氣勝於一切」。

小說反映真實人生，小說也反映社會現象，文學與人生是一體兩面。《兩根草》的故事背景，是台灣升學主義瀰漫的年代。黎明努力的是升學，伍老師幫助的是升學，媽媽心裡惦記的也是升學。故《兩根草》十足反映了當時的社會現象和時代脈絡。

五、作品特色及寫作風格的探討

台灣少年小說發展過程中，張彥勳和施翠峰、林鍾隆等皆為開疆闢土的前行者。他們的少年小說作品大體上是以寫實主義作品為主，在體材上比較側重現實性和鄉土性。

所謂少年小說的現實性，是指少年小說的創作，跟台灣的社會有密切的關聯，沒有脫離台灣社會的現實，創作者以台灣社會為少年小說創作的背景。而所謂少年小說的鄉土性，則是指少年小說的創作……都跟鄉土性的生活經驗有相當的關聯，而少年小說所涉及的問題，也以台灣的生活經驗為重心。[33]

張彥勳長年住在后里鄉下，因此，書中人物角色自然以鄉野人家為重心。對孩子的天真無邪，對大人的短見勢利，對師生感情的交融，對親子骨肉及姐弟手足之情，都在小說家的筆下，劇情波濤起伏，扣人心弦。雖然有些人感覺張彥勳的《兩根草》和林鍾隆的《阿

---

[33] 同註30，頁110。

輝的心》都充滿了悲情；但是，這份悲情，適足以反映當時台灣農村
社會的生活寫照。文學是人生的縮影，透過文學作品，反映人生的酸
甜苦辣，表現人生的喜樂哀愁。

透過《兩根草》中的黎明和阿華，透過《阿輝的心》中的阿
輝，小說家所要表現的是那個年代的孩子，不因為環境的困頓而受
挫，不向命運低頭的韌性，雖然飽經一番波折，終究是撥開雲霧見天
青。黎明和阿華兩姐弟最後改變了舅媽的態度；阿輝也如願到台北和
媽媽團聚。雖然故事是虛構的，感情卻是真實的。一部成功的作品是
經得起時間的粹鍊，不同世代的讀者都能夠感同身受。《兩根草》和
《阿輝的心》都具有同樣的小說特質。

張彥勳的另一部少年小說——《阿民的雨鞋》，共十三篇作品。
其中一篇〈小麻雀的眼淚〉在《獅子公主的婚禮》一書中，是以
「詩」的型態表現，長達一百二十四行，一般咸認為這是張彥勳所最
長的「童話詩」。但這首長詩，在《阿民的雨鞋》一書中，卻改以
「故事」的型態表現。而這也適足以說明作品表現的「多變性」。

同樣的，在《獅子公主的婚禮》一書中有一篇〈阿民的雨
鞋〉，也是先以「詩」的型態表現，而後在《阿民的雨鞋》一書中又
以「小說」型態表現。由此可見，左手小說，右手詩的張彥勳，在五
六〇年代的台灣兒童文學界，雖然不是多產作家，其作品雖然不是名
山之作，卻是一位甚受看中的鄉土作家。

張彥勳既是詩人，也是小說家；既是兒童文學家，也是音樂教
師。因此，無論是詩，或是小說作品、兒童文學作品等等，都富含
「音樂性」的作品特色。在作品的啟承轉合、情境的勾勒呈現、情節
的峰迴路轉，在在都宛如音樂的旋律，而突顯出作品的感人之處。

茲以童詩——〈媽媽的眼睛〉為例：

> 我做了壞事的時候，
> 媽媽的眼睛就閃著淚珠兒。
> 眼睛裏的我變得模糊了，

瞧不出哪兒是我的頭，

瞧不出哪兒是我的腳。

當我做了好事的時候，

媽媽的眼睛立刻就亮了起來，

笑得多開心哪！

眼睛裏的我越神氣了。

挺挺直直地多得意。[34]

　　這首詩充滿親情的感動。透過媽媽的眼睛，反射孩子的自我警惕。既有母愛的光輝，又富音樂的感性。

　　再以〈賣糖的老人〉一詩為例：

庭院裏的小花，

爬過屋頂，

悄悄地溜走了。

森林裏的小鳥，

越過山嶺，

悄悄地飛走了。

寺廟裏的鐘聲，

渡過溪底，

悄悄地跑走了。

只有──

只有那賣糖的老人獨自一個，

吹著喇叭，在傍晚的廣場上，

---

[34] 張彥勳著，《獅子公主的婚禮》頁 3-4，國語日報出版部，1973.12.

　　　　寂寞地站著。[35]

　　這首詩，寫盡了賣糖的老人寂寞地站在傍晚的廣場，那種孤獨老人的影像，深刻地烙印在讀者的心坎裡，而小花溜走了，小鳥飛走了，鐘聲跑走了，在在都充滿音樂的節奏感，這是一首音樂性十足的童詩。

　　〈烏鴉和阿龍〉這篇少年小說作品所刻畫的兒童心理，完全藉著一個小孩子對烏鴉叫聲的體會來表達。張彥勳為小孩子寫作而仍然洋溢著藝術創作的精神，就這點而言，林良覺得「這是非常可貴的。」[36]

　　常言道：「要轉境，不要被境轉。」阿龍和爺爺住在山上的破屋，附近林木茂盛，一到夜晚就可以聽到烏鴉的鳴叫。阿龍由於自卑心的作祟，連聽到烏鴉的叫聲都以為是在嘲笑他。隨著阿龍內在心理的轉變而更深刻體會烏鴉的叫聲。張彥勳在這篇作品中，對兒童心理的描述可說是淋漓盡致，而獲得六十七年度（一九七八）教育部兒童文學創作首獎。

　　〈我家富利〉寫的是一個小孩子和一隻狗（名叫富利）的感人作品。小孩子是真實生活裡的小孩子，狗是真實生活裡的狗。狗的生活難免和人的生活有衝突，但是，一個小孩子對狗的偏執的愛，卻能夠衝破這層矛盾，獲得狗的報答。就好像小說中的小孩子以為「在所有動物中，狗和人類的關係最密切，只要和牠相處一天，牠便永遠不會忘記你。」[37]

　　從富利和小孩子的互動過程中，張彥勳以其真實的筆，觸及到小孩子的心理活動，進而轉化成為人類對動物的真情流露，難怪林良

---

[35] 同註 34，頁 15-16。

[36] 同註 34，頁 5。

[37] 同註 34，頁 6。

讚許這是一篇「很能引人注目的作品。」[38]

張彥勳的少年小說作品篇幅不長，屬小型小說，或稱微型小說。他認為少年小說在兒童文學中是很重要的一門，它跟兒童的現實生活最為密切。因此，少年小說是源自於兒童現實生活的反映。他的作品也都取材於兒童世界中生活的情趣、純真的感情、美麗的憧憬、堅強的奮鬥、歡樂的感受，以及悲痛的煎熬等現實生活作為小說的內容。換句話說，張彥勳的《兩根草》、《阿民的雨鞋》等都屬於寫實主義的作品。

既然是寫實主義的作品，則不免涉及到人性的善與惡、光明面與黑暗面、是與非等兩極化的對峙。到底兒童文學作品只要強調人性的善面與光明面？或是善惡與明暗同時並存？林良以為兒童在成長過程中，尚未完全具足明辨是非善惡的能力之前，最好採取光明的一面。而大陸童話作家葉紹鈞則認為兒童終究會長大成人，因此，在作品中不必避諱觸及是非善惡、光明與黑暗的主題。林鍾隆強調並無不妥之處，但是得全靠作家的寫作技巧。為了不讓孩子成為溫室裡的花朵，為了增強孩子的抗體，「作家寫該寫的，畫家畫該畫的，閱讀空間留給讀者。」若能從這個角度思考，又有什麼合適不合適的問題？

六、以生命之筆，為兒童寫作

在張彥勳的文學生命歷程，有兩件事足以顯示他對文學寫作的執著以及為兒童寫作的堅持。關於第一件事，可從張千黛在〈我的父親〉一文中看出端倪。

> 父親熱愛寫作，最叫我佩服的是受日本教育的他，原以熟悉的日文創作。光復後生澀的國字，無法操控自如，彷彿成了穿小鞋的成人難以伸展。為了抒發心中澎湃思潮，和

---

[38] 同註 34，頁 5。

當時唸小學的我一起學國語，翻爛的字典，可見其苦心、恆心，和對文學的熱愛與堅持。[39]

為了學國語而翻爛了字典，張彥勳的苦心和恆心，無非在表示對文學的愛與堅持；同時也呈顯出當時一些誇越語言藩籬的本省籍作家所共同面臨創作上的尷尬處境。

另一件事是一九七一年年底，張彥勳罹患青光眼導致右眼失明，而他竟然不顧醫師的囑咐和勸說（幾年內不要寫作），偷偷寫了一篇長達三千多字的〈我瞎了一隻眼睛〉發表在《台灣日報》副刊，後又經《台灣文藝》予以轉載，讀過的人都深受感動。

《獅子公主的婚禮》（一九七三）、《兩根草》（一九七三）、《阿民的雨鞋》（一九七九）、《小草悲歡》（一九八一）等都是在一九七一年以後出版的兒童文學作品，這也足以證明張彥勳以生命之筆為兒童寫作的真誠與堅持。「至誠而不動者，未之有也。」張彥勳的文學生命就是最好的寫照。

七、結語

常言道：「文章在精不在多。」同樣的，好的傳世作品也是在精不在多。哪怕只有一部，也足以在文學史上留名。張彥勳的文學生命，對他自己而言，真的是「一步一屐痕」，生命的足跡，流露在字裏行間。難能可貴的是像張彥勳他們這些用生命誇越語言藩籬的本省籍作家，多少都為自己留下了台灣文學發展的見證。「一書一世界」，是張彥勳一生文學生命的寫照。誠如前面提及：「作家寫該寫的，畫家畫該畫的，閱讀空間留給讀者。」作家的職責就是負責完成作品，至於對作品的解讀、探討、研究、批評，那是讀者的事。

---

[39] 張千黛撰，〈我的父親〉，《兩根草》頁 12，富春.2000.3.

從十三首詩談親近陳秀喜
的兒童閱讀策略

黃秋芳

摘　要

　　本文聚焦於陳秀喜的詩在「文學成績」和「台灣文化版圖」上的重要性，試圖釐清在現代社會中還要讓兒童親近陳秀喜及其作品的理由；並且從《陳秀喜全集》134 首詩中，確立標準，選輯適合兒童閱讀的 13 首詩，計有〈嫩葉——一個母親講給兒女的故事〉、〈小皮球〉、〈魚〉、〈牽牛花〉、〈小堇花〉、〈樹的哀樂〉、〈泥土〉、〈渴望〉、〈鳥兒與我〉、〈灶〉、〈強風中的稻〉、〈榕樹啊，我只想念你〉、〈花賊與我〉，分成對兒童認知發展最重要的「愛」、「生活」與「未來」三個方向加以闡釋。最後，再以「聲音」、「共讀」和「生活延續」三種層次，深入說明關於陳秀喜詩作的兒童閱讀策略，讓我們在建立台灣兒童文學主體性的同時，也讓兒童閱讀的可能性，多一點時間上的延續和在空間上發生密切關聯。

一、前言

陳秀喜，新竹市人，1921 年 12 月 15 日生，射手座。她的一生亦如一張飽滿的弓，不能蟄伏，把人生行囊裡裝載著的所有的箭，遠遠地，全部射出去！

在那個經歷日據侵略、兩次世界大戰的飄搖年代，陳秀喜即使接受的正統教育有限，仍然藉由嚴格的漢文家教（以河洛音讀華文），又從一本《唐詩合解》引發對華文詩的熱情。戰後，37 歲，開始自修華文，一方面寫日文俳句、短歌，另一方面更以華文詩多次獲國際詩獎，出版過華文詩集《覆葉》（1971）、《樹的哀樂》（1974）、《灶》（1981）；詩選集《嶺頂靜觀》（1986）和詩文集《玉蘭花》（1989）。

她在 1968 年加入《笠》詩社，越兩年擔任《笠》詩社長，以迄 1991 年謝世，成為台灣文學重要舵手；曾被列入英國劍橋國際傳記中心《國際詩人名錄》（1967）；香港大學曾有人以陳秀喜詩作博士論文專論；詩作譜成歌詞流通一時的有〈雨中思情〉、〈瀟灑的你〉（1964，波音唱片，雙燕姊妹唱）、〈青鳥〉、〈山與雲〉（1977，新格唱片，金韻獎），以及不斷傳唱的〈美麗島〉（1978），由李雙澤作曲、楊祖珺主唱、掀起「唱我們的歌」的音樂尋根風潮；1992 年 3 月，陳秀喜往生後一年，她的長女張玲玲和女婿潘俊彥設立「陳秀喜詩獎基金會」，標舉「獎勵台灣詩人，豐富人類愛，提昇善美與真摯情操及充實本土文化的努力」為宗旨，採推薦制，每年於母親節頒發陳秀喜詩獎。

「詩是我的興趣，詩是我的神，詩是我的真理。」陳秀喜一直這樣相信。並且豪情萬千地表示：「有一句話說，美人一笑可以傾城。

我卻想，假如詩一首能給地球傾斜多好。」[1]

可以說，無論從「文學成績」或「台灣文化版圖」審視，陳秀喜在詩的領地，據有一定位置。她不只是女詩人，台灣詩人，更重要的是，她夢想要成為一個「傾斜地球」的詩人。

本文聚焦於陳秀喜的詩在「文學成績」和「台灣文化版圖」上的重要性，試圖釐清在距離出版第一本詩集《覆葉》已然超過三十年的現代社會，我們還要讓兒童親近陳秀喜及其作品的理由。並且從《陳秀喜全集》（以下簡稱《全集》，並以一、二、三、四指稱集數）134 首詩中，確立標準，選輯適合兒童閱讀的 13 首詩，計有〈嫩葉──一個母親講給兒女的故事〉、〈小皮球〉、〈魚〉、〈牽牛花〉、〈小菫花〉、〈樹的哀樂〉、〈泥土〉、〈渴望〉、〈鳥兒與我〉、〈灶〉、〈強風中的稻〉、〈榕樹啊，我只想念你〉、〈花賊與我〉，分成對兒童認知發展最重要的「愛」、「生活」與「未來」三個方向加以闡釋。

最後，再以「聲音」、「共讀」、「生活延續」這些準備歷程，深入說明關於陳秀喜詩作的兒童閱讀策略，讓我們在建立台灣兒童文學主體性的同時，也讓兒童閱讀的可能性，多一點時間歷史的延續，並且在空間地景上發生密切關聯。

二、在陳秀喜的文學花園裡

陳玉玲以〈台灣女性的內在花園〉一文做陳秀喜的新詩研究，篇目設計都以花與樹做素材，凸顯陳秀喜的時空觀從花園開始，通過「花語與心情」呈現自我影像；用「捧花與荊棘」對照婚姻之路；以「覆葉與嫩葉」隱喻人母的悲歡；以「榕樹和泥土」回溯詩人的追尋與回歸，從一大片香氣襲人的花海中，把「花草樹木」的意象和陳秀

---

[1] 摘自全集十「陳秀喜自傳」，p.8。全文原收於 1984.9.16 中央圖書館「現代詩三十年展望」詩人卷宗檔案，陳秀喜親筆所寫。

喜的作品和人生串連起來。[2] 鍾玲進一步以女性主義角度切入陳秀喜
詩作〈花絮〉：「抱著一粒小種子/柔細的花絮飄進來/她有能開花的
細胞/她有札根的本能」，歌頌女性生生不息的力量。[3]

關於花與樹的意象擴散，可說是台灣文學萌芽時期培育女性作
家的沃土。從楊千鶴的小說〈花開時節〉開始；陳秀喜的花與土、葉
與樹；杜潘芳格的芙蓉、月桃、夫妻樹和相思子花……。我們在分析
閱讀陳秀喜的理由之前，真覺得隨著一條台灣島的時光走廊，也幽幽
掩掩地走進一座文學花園，循著花的芬馥、詩的情韻，聽見經歷過幾
十年後的詩，仍然在傾吐千言萬語。

這種特屬於陳秀喜的「詩的語言」，溫緩從容，絮絮說來，稍
覺白描平淺。所以，《全集》主編李魁賢在前序裡提出：「她的中文
內容或修辭上有所不足，但不礙其詩質之美。」（P.7）；黃一容在
《笠》詩刊 66 期（1975.4）評論她的詩常出現一些缺點：

> 1. 詩句斷或接的笨拙。
> 2. 多用白描，缺少間接性表達。這是陳詩大部分的現象。
> 3. 語句太口語化，經不起咀嚼。[4]

　　無論是內容與修辭過於率性自然，或者是詩句笨拙、白描口
語，這些成人文學上的講究和挑剔，放進兒童閱讀模式，反而成為一
種驚喜。特別要說明的是，閱讀者在本文論述中或有共識、或有爭
議，研究者都無意解說與辯護，因為，兒童文學的創作與研究，常常
只是成人的意識形態和價值判斷，本文目的不在確定這些討論為唯一
標準，反而樂意並熱切地邀約更多的研究和意見加入台灣文學的研究
區塊，為我們的兒童閱讀，拓墾更多和「此時此地」交會的台灣經

---

[2] 詳見《台灣文學的國度—女性、本土、反殖民論述》，p.7-37。
[3] 見於《當代台灣女性文學論》〈台灣女詩人作品中的女性主義思想〉，p.204。
[4] 詳見《全集八》評論集，P.344-350。

驗。

以下分別說明陳秀喜詩適合兒童閱讀的特性和編選標準：

㈠ 陳秀喜詩的兒童適讀性

1. 在形式表達上，純粹口語化和白描手法。沒有艱字深句，閱讀起來非常輕鬆，沒有距離。

2. 在內容上，運用豐富的敘事。把詩寫得像處處存在著的生命故事，親近而真實。

3. 在取材上，出現重複的母題。把擬人的動植物，充滿感情的大自然，和繽紛熱鬧的人情互動串連在一起，讓兒童在閱讀時有一種「熟悉感」，並且擁有能夠充分掌握的「權威感」。

㈡ 為兒童編選陳秀喜詩的標準

1. 兒童性，兒童觀點

同樣以「覆葉」照顧著「嫩葉」茁長的主題，沒有收錄一向被視為陳秀喜代表作、最受評論者反覆討論的〈覆葉〉[5]，反而選輯較具兒童觀點的〈嫩葉〉。我們可以比較〈覆葉〉中膾炙人口、反覆被引用的名句：「倘若生命是一株樹／不是為著伸向天庭／只為了脆弱的嫩葉快快茁長」，這種母親的溫柔與自我犧牲，其實是成人的憂傷，和〈嫩葉〉裡的驚奇和冒險相較：「恐惶慄慄底伸了腰／啊！多麼奇異的感受／怎不能縮回那安詳的夢境？」讀詩，就成為一種遊戲。

---

[5] 專文討論過〈覆葉〉這首詩的評論者，計有陳鴻森〈因愛而頑強〉（《笠》詩刊 47 期）、陳學培〈《覆葉》讀後感〉（《笠》詩刊 58 期）、郭成義〈評介陳秀喜詩集《覆葉》〉（《笠》詩刊 61 期）、陳德恩〈從《覆葉》到《樹的哀樂》〉（《笠》詩刊 71 期）、李瑞騰〈長青樹〉（《華岡詩刊》1-2 期；《笠》詩刊 78 期）、林外〈以愛心燃亮詩燈的陳秀喜〉（《笠》詩刊 101 期）、李魁賢〈陳秀喜《覆葉》讀後感〉（《台灣風物》22 卷 3 期）。

2. 文學性，兒童邏輯

以一種超越理性藩籬的飽滿能量，在現實與想像邊緣自由流動，接受一切「違反常情常理」的人事物，並且一定可以找出一些「切合兒情兒理」的連結。大自然，動植物，我們使用著、生活著的各種空間、器具，都處在能夠了解、對話、互動的介面裡。像急著「把彩傘展開／衝向天空／高揚花瓣的帆／和晨陽同時綻放」的牽牛花；像失寵的小皮球會迷惑：「我不知錯在那裡／我知道最幸運並不是最幸福／從此我沒有和小妹妹再見面」。

3. 遊戲性，兒童趣味

因為源自於兒童邏輯裡「萬物合一，沒有界限」的天真飽滿，兒童趣味常常從大自然的物我交融中洋溢出來。像「草坪是綠玉/佛桑花是心愛的紅寶石/泥土以造福茂盛為樂」；「強風是牧羊狗/趕雲的羊群來/眺望/稻如翡翠的衣裙/掀起波浪的舞姿」；「鳥兒不知不怕／在「有電勿近」的電桿上/囀著悅耳的通話……我怕高壓電／不怕牠的小眼睛／牠不怕高壓電／怕我的眼睛」，咀嚼起來，有一種意想不到的驚奇和趣味。

4. 教育性，兒童哲理

一點點感傷，一點點生命中的無可奈何，但又是淡淡地，絕對不能說盡，只能在詩的音韻和節奏中迴盪，才不至於讓人生厭。像牽牛花急著要盛開：「兒童們！/ 清晨短暫／坦誠地去擁抱它/結一個結實的種子 /凋謝得有意義」；像離家的兒童思念榕樹：「我在異鄉／椰子樹的懷抱裡／還是只想念你」；像尋找自我價值的樹：「陽光被雲翳／樹影跟鏡子消失／樹孤獨時才察覺／扎根在泥土才是真的存在」。

選輯之前，沒有設定要挑出 10 首詩、12 首詩或 20 首、30 首等機械式標準，純粹秉持著「兒童性」、「文學性」、「遊戲性」和

「教育性」[6]這些標準，總計挑出 13 首詩。

三、在愛的地獄裡種出詩的天堂

莫渝從愛的散射方式討論陳秀喜如何架構她的詩世界，並且反覆重疊在六大母題裡：1. 母愛的無怨；2. 親情的真切；3.友誼的追念；4. 情愛的溫盼；5. 鄉土的擁抱；6. 國族的熱愛。[7]林鍾隆則著眼於陳秀喜詩裡獨有的真璞與純誠，指出她的詩具有真摯美好的女性特質：1. 母愛；2. 愛心；3. 愛眼（用愛的眼光看見的世界，充滿溫暖）；4. 民族愛；5. 人生的睿智。[8]

可以說，詩是陳秀喜種愛的土壤、悲歡拉鋸的煉獄，也是她千錘百鍊後的天堂。在生命的諸多不如意中，陳秀喜總是傾注更多的愛去面對，這是她生命的基點，她的詩，也是從愛開始。

接下來，本文將這 13 首詩分成「用叮嚀與摸索編織愛」、「用溫柔與悲傷編織生活」、「用遠方與泥土編織未來」三部份，呈現詩的全貌，冀望成為更多有興趣者，欣賞研究、參考選用、教學分享的基礎。

㈠用叮嚀與摸索編織愛

1. 嫩葉——一個母親講給兒女的故事（《全集》一，p.3）

　　風雨襲來的時候
　　覆葉會抵擋

---

[6] 參見林文寶、徐守濤、陳正治、蔡尚志合著《兒童文學》，林文寶〈總論〉中關於兒童文學特性界定，p.12

[7] 〈陳秀喜的詩世界〉，發表於《文學台灣》2 期，，1992.3。收於《全集》八，p.212-227。

[8] 〈《樹的哀樂》的魅力〉，發表於《笠》65 期，，1975.2。收於《全集》八，p.321-325。

　　　　星閃爍的夜晚

　　　　露會潤溼全身

　　　　催眠般的暖和是陽光

　　　　摺成皺紋睡著

　　　　嫩葉知道的　只是這些——

　　　　當雨季過後

　　　　柚子花香味乘微風而來

　　　　嫩葉像初生兒一樣

　　　　恐惶慄慄底伸了腰

　　　　啊！　多麼奇異的感受

　　　　怎不能縮回那安詳的夢境？

　　　　又伸了背　伸了首

　　　　從那覆葉交疊的空間探望

　　　　看到了比夢中更美而俏麗的彩虹

　　　　嫩葉知道了歡樂　知道了自己長大了數倍

　　　　更知道了不必摺皺紋緊身睡著

　　　　然而嫩葉不知道風雨吹打的哀傷

　　　　也不知道蕭蕭落葉的悲歎

　　　　只有覆葉才知道　夢痕是何等的可愛

　　　　只有覆葉才知道　風雨要來的憂愁」

　　像一則甜蜜的耳語，透過風雨和彩虹的對照，透露出溫柔的忠告，完全不著墨於父母愛子女這種形式上的說教，卻讓每一個兒童從閱讀這首詩開始，一剎那間讓愛灌滿。值得注意的是，「影像世代」裡的兒童注意力較易分散，這首詩的反覆醞釀，節奏溫舒緩慢，需要更多的情境引導和體會，必須兼顧閱讀情緒才能進入詩的領地。

　　　2. 小菫花（《全集》一，p.93）

只想往頂峰爬的腳
踏殘一朵小堇花
啊！
不回顧她淤血的痛楚
只想往頂峰爬的腳
怎麼會愛惜她？

徬徨的人看到小堇花
驚喜她是
去世的父母的眼睛
看到她淤血著
以掩過臉的手
捏過拳頭的手
採過小堇花的手
抓一撮泥土給與淤血的莖

在愛惜她的淚光中
小堇花終於屹立了
靠著一撮泥土的愛

　　當我們努力「往頂峰爬」的時候，生命中的愛與美麗都會被我們忽略。直到我們跌過倒、受過傷、經過教訓，才學會用曾經掩過臉悲傷，曾經捏過拳頭憤怒，曾經採過小堇花破壞的手，重新抓一把泥土，把愛給了大地，只要願意付出愛，詩讓我們相信，永遠都有機會。

　　3. 灶（《全集》一，p.185）

　　　百年之後

大家都使用瓦斯
人們只知道工業用的煙囪
不知道曾有泥土造的灶

灶的肚中
被塞進堅硬的薪木
灶忍受燃燒的苦悶
耐住裂傷的痛苦
灶的悲哀
沒人知曉
人們只是知道
詩句中的炊煙
嫋娜美麗──

　　並不是愛一定會得到回報，也不是付出一定會有收穫。當時代輪替得越來越快，被我們遺忘的，不只是灶，還有許多曾經親密的人，更多更多從來沒有得到回報的愛……，和兒童一起回顧，究竟有多少無言無聲的犧牲與成全，一路為我們鋪陳出成長的機會。

　　4. 花賊與我（《全集》二，p.49）

那個人
以迅速的手
摘了玉蘭花
口袋裡洋溢著花香
他以為沒人看見
嘴邊留著
暗自高興的微笑走了

那個人不知道
比他高興的是我
玉蘭花跟他下山
讓更多的人欣賞
我在他的背後
偷偷地微笑
覆葉下還有一朵
那個人沒有看見的
大玉蘭花

在詩的頑皮趣味裡，學會寬容、學會分享，學會體認，讓更多的人快樂，其實是讓我們自己快樂的最有效方法。

5. 渴望（《全集》一，p.181）

空地
可以種菜
菜是食物
可以種花
花給人心悅
空地有它的價值

倘若
心空著
沒有菜
沒有花
怎能得到詩

渴望一顆心

> 充滿著愛心
> 擁有心愛的
> 灌溉精神的菜
> 灌溉愛的花
> 收穫一首詩

　　當我們學會珍惜被愛，學會去愛別人，接下來，是不是要想一想，我們生命裡的空地，還可以摘種什麼？想一想究竟我們要去過什麼樣的生活？

(二)用溫柔與悲傷編織生活

1. 小皮球（《全集》一，p.58）

> 同室的朋友為數一打
> 其中我最幸運
> 那隻大手掌看上我說：
> 「這一個的彈力最好」
> 小妹妹可愛的小手一拍
> 我跳得比她還高
> 要讓她高興
> 不辜負大手掌的賞識
> 我更起勁地　跳　跳　跳
> 有時碰到桌子角或椅子上
> 順便滾入沙發下　床下
>
> 小妹妹不會捉迷藏
> 看不到我就叫　要我
> 馬上大手掌會伸來抓我
> 小妹妹午睡時也抱著我

可是大手掌竟把我放進黑暗的角落
並且說:「跳來跳去　滾來滾去　真討厭」
我不知錯在那裡
我知道最幸運並不是最幸福
從此我沒有和小妹妹再見面

　　我知道最幸運並不是最幸福。這是多麼傷痛的溫柔呢?然則,
生活的真相恐怕都是這樣,一點點的歡喜,很多很多的失望和落空,
可是,還是要找到生命值得高興的地方,這是我們的功課。

2. 鳥兒與我(《全集》一,p.183)

　　鳥兒不知不怕
　　在「有電勿近」的電桿上
　　囀著悅耳的通話
　　快來! 早餐有番石榴
　　快來! 含笑花好香

　　庭隅的電桿
　　不敢靠近的我
　　羨慕鳥兒
　　不知不怕
　　自由自在

　　鳥兒的小眼睛
　　碰到我的眼睛
　　關掉旋律飛走了
　　我怕高壓電
　　不怕牠的小眼睛

牠不怕高壓電
怕我的眼睛

　　每一個人都有他不同的歡喜、悲哀、專長、興趣和禁忌。不一樣的成就和稟賦，造就每一個不一樣的人，無論我們是鳥還是人，總有一些讓別人羨慕的地方，想起來，其實也不用太羨慕別人。在詩裡，我們也看見了，自己很棒，不是嗎？

　　3. 樹的哀樂（《全集》一，p.107）

土地被陽光漂白
成為一面鏡子
樹樂於看　八等身的自己
樹也悲哀過　逐漸矮小的自己
樹的心情　一熱一冷
任光與影擺佈

陽光被雲翳
樹影跟鏡子消失
樹孤獨時才察覺
扎根在泥土才是真的存在

認識了自己
樹的心才安下來
再也不管那些
光與影的把戲
扎根在泥土的才是自己

　　這首詩表層寫出樹在光和影的引誘中，確定泥土才是生命中最

重要的價值，引領我們去思考人生的判斷與選擇；深一層看，又把樹和影看做生命的成全與凋零，父母育養孩子，師長提攜學生，環境涵毓個人，都得付出代價，樹從影子裡看到自己從魁梧的「八等身」（頭與身體的比例為 1:8）到日漸縮小，然而，生命的循環就是這樣，每一天，都會看到一次影子的濁長與凋零，我們必須找出，有什麼是我們必須相信的，像樹相信，扎根在泥土的才是自己。

4. 魚（《全集》一，p.77）

我和兄弟姊妹們都是啞巴
我和兄弟姊妹們都在浮萍中長大
小時候為著尋覓食物奔走
或者逃避追逐而忙碌
如今偶而有個吐出一口泡沫的安適
卻比不上美人魚的歌聲

想念祖先們
敬佩他們曾渡海而來的勇氣
可是不知道他們都到那裡去了

當我知悉祖先們的去處
我已在俎上
跳動一下微弱的抗拒
嗟歎歲月養我這麼大
羞愧不曾唱出美人魚的歌聲

從單純一條魚的命運，投射同一個時代的創作者，經歷日據殖民前後從日文轉換成華文過程中不能熟練地運用文字創作的悲哀，既表現了個人的遭遇，也呈現了時代的集體創痛。兒童可以在詩的討論

中看一看自己，時代進步了，物質豐富了，是不是就能夠唱出美人魚的歌聲？還是，究竟在什麼地方，讓自己也變成啞巴？檢視自己生活的籌碼和限制在哪裡，才能安全而安心地走向未來。

(三) 用遠方與泥土編織未來

1. 牽牛花（《全集》一，p. 91）

孩子們！
把彩傘展開
衝向天空
高揚花瓣的帆
你們和晨陽同時綻放
勇敢地跟晨陽爭光彩吧！

孩子們！
不要怕逆風
我長了眼睛似的蔓
既把支柱牢固地纏好
不要擔心土壤貧瘠
我有許多貪婪的根
儲蓄了足夠的營養

孩子們！
清晨短暫
坦誠地去擁抱它
結一個結實的種子
凋謝得有意義
留給人們年年稱讚
錦繡綠野的牽牛花

　　西方兒童文學模式習慣用「在家，離家，在家（Home, Away, Home）」來看待兒童成長過程中的生命追尋；東方思考裡的「見山是山，見水是水；見山不是山，見水不是水；見山又是山，見水又是水。」也傳達了「走向遠方」的重要和必要，所以，每一個兒童都會經歷「把彩傘展開衝向天空」的過程，這背後的蔓根、支柱、營養，成為壯大遠方的信心和勇氣。

　　2. 強風中的稻（《全集》二，p.1）

> 強風是牧羊狗
> 趕雲的羊群來
> 眺望
> 稻如翡翠的衣裙
> 掀起波浪的舞姿
>
> 走向田畦
> 強風是
> 嚴酷的叱詫聲
> 稻心不由己
> 如瘋人散亂的頭髮
> 驚惶呼救著
>
> 佇立觀看
> 強風中的稻
> 根緊緊抓著泥土
> 背負著累稔
> 為了站穩而掙扎
> 也許　稻知道

農夫一季的辛苦

牧羊狗趕雲的羊群來，原來是一個輕鬆頑皮的視象，沒想到，一下子就轉換成挫折磨難，然後隨著稻子的堅忍，經歷「緊抓泥土，背負累稔，為了站穩而掙扎」的成長祭禮，最後思考自己，是為了農夫一季的辛苦？還是有更多其他的理由？

3. 泥土（《全集》一，p.112）

> 泥土暗自欣慰
> 培養過許多種根
> 以她看來
> 草坪是綠玉
> 佛桑花是心愛的紅寶石
> 泥土以造福茂盛為樂
> 不曾有過　杞人之憂
>
> 突然　泥土被壓平
> 被冒煙的柏油倒灌的瞬間
> 令她感到痛苦的
> 是草坪和佛桑花的遭遇
> 激烈地燒灼她的心

被熱柏油燙傷的泥土，依靠在她身上的草坪和佛桑花的倉促凋零。兒童通過詩的討論，還能感覺到這世界還有哪些更多的改變？那些自由的生命、新鮮的顏色，會在破壞與燒灼中，走往什麼樣的未來？

4. 榕樹啊，我只想念你（《全集》二，p.29）

飛過幾重山與海
隨雲走過幾百里
仰看王宮，尖塔
鳥瞰街道，田園
徘徊廢墟，古蹟
眺望低山，樹林
湄南河邊也找不到
熟悉的你

焦急又寂然
喁喁喃喃安慰自己
遠離你反而
心不斷呼喚
眼到處尋覓
對了
你是故鄉的象徵
故鄉的樹
怎能到處都有

榕樹啊
你的葉子是
我最初的樂器
你是我童年避雨的大傘
你是曬穀場的涼亭
你是老人茶，講故事的好地方
你是小土地公廟的保鏢
你是我家的門神
我在異鄉

> 椰子樹的懷抱裡
> 還是只想念你

Home, Away, Home 的最後，詩人的經歷和她創造出來的藝術生命融合了。經歷追尋與失落，驕傲與挫敗，從原始的好奇張望中甦醒過來，生命有一些永遠不會褪色的依戀，會牢牢銘記。兒童也許在誦讀時並不一定明白，但在很久很久以後，他們會忽然想起，因為，詩住在他們的身體裡，隨時尋找著合適的機會和兒童對話。

四、詩與兒童的對話

本文在介紹這 13 首適合兒童閱讀的陳秀喜詩同時，嘗試速寫陳秀喜人生故事裡的一些片段，這些愛的試煉、生命的動盪，都會在她的作品裡發生影響。不過，陳秀喜作品中的營養，很大部分來自於環境的涵育，很難在限定的範圍裡想像出來，往往需要更多的直覺和感受，所以，閱讀陳秀喜，必須延伸出更多機會，讓兒童在聲音裡感覺、在生活裡延續，這樣的嘗試與配合，才能在花繁色艷、即生即死的出版環境裡，確定一些深沈雋永的意義。

藉由「聲音」、「共讀」、「生活」這些準備歷程，陳秀喜的故事和台灣的故事，其實也在詩裡緩緩拉開，我們可以很容易在與兒童的對話中親近陳秀喜。

㈠ 在聲音裡感覺陳秀喜

陳秀喜的詩，非常口語化，極易誦讀。而且，她常常在面對許多評論者認為她在詩的掌握上岔出太多贅字累句時，為了經營出句與句間的韻律感，仍不惜反覆使用那些評論者認定的「贅字累句」，那是因為她從日文的俳句短歌入手，吟誦漫歌的韻律節奏已經內化成身體的一部份了。

所以她寫的詩誦讀起來，真如一首歌的旋律在動盪。像詩經裡

的十五國風，習慣性的三疊形式，如〈鄭風.緇衣〉：「緇衣之宜兮，敝，予又改為兮！適子之館兮，還，予授子之粲兮！緇衣之好兮，敝，予又改造兮！適子之館兮，還，予授子之粲兮！緇衣之蓆兮，敝，予又改作兮！適子之館兮，還，予授子之粲兮」，從一件新衣服的美好、鬆遲，到舒適，如同婚姻生活的適應過程，其中所有的衝突、調整與適應，聚焦在簡單的口語對話：「你去上班吧！回到家來，我已經做好熱熱的飯菜等你一起分享。」

遠古的詩經在歌唱吟詠中流傳，現代的陳秀喜詩也一定要經過口語誦讀才能體會她反覆的情味。攤開她的詩頁，最簡單的兒童閱讀策略，自然是大聲朗誦。進行朗讀、閱讀、分享與討論之前，可參考吉姆.崔利斯（Jim Trelease）的《朗讀手冊》，艾登.錢伯斯（Aidan Chambers）的《打造兒童閱讀環境》、《說來聽聽—兒童、閱讀與討論》，這些書，沒有艱澀的理論，只是實例和討論，非常實用。

不斷在誦讀中重複，讓兒童在熟悉中慢慢熟記、熟背，在不影響學習樂趣、不增加學習壓力的狀態下，鼓勵兒童自由地背詩、畫詩、寫詩、表演詩，或者只是單純地表演「背詩」，針對個別興趣，找出更多相關資料，分組討論，幫助兒童發展提問、比較、判斷的能力，豐富詩裡的聲音、顏色和形狀影像，描摹出鮮明的「意象世界」，累積越多「意象」的準備，就越有能力表現生動準確的語言。並且上台報告。

一旦發現兒童不自覺運用從詩中「模仿」的句型和創作，應該鼓勵，而不是嚴厲斥責與制止。努力在和諧的共同討論中，找出更多更好的屬於自己的描寫方法，把特屬於陳秀喜的愛與寬容，慢慢內化成兒童身體裡的一部份。

㈡ 在共讀裡親近陳秀喜

M.H.艾布拉姆斯（M.H. Abrams）在《鏡與燈》中專章討論〈風格與人〉，以約翰遜（Samuel Johnson）所寫的名人傳記為例，說明在探索作家與作品間相近而又不相疊的弔詭關聯。約翰遜遵奉的傳統

做法是，把「引言性的傳記」和「批評性的介紹」相結合，這似乎提供一種經常性的誘惑，讓他從詩的種種跡象中蒐集作者的性格資料做補充，並利用傳記性事實去闡明詩歌。不過，艾布拉姆斯強調，應用這種方法多半得到的只是「可能的猜測」，單憑文學證據得出的結論不足為誠，應輔以根據外在材料得出的「準確的傳記解釋」才能生效。[9]

介紹陳秀喜的詩和尋找陳秀喜「準確的傳記解釋」，其實可以相互補足。

在新竹長大的陳秀喜，走進殖民、戰爭、社會動盪的荒寒歷史。1942 年（22 歲）結婚後，隨夫移居上海，在混亂而戰事不斷的中國，她經歷長子夭折（1944）的痛楚；輾轉客旅杭州、南京、鎮江；1949 回台後暫居彰化；1949 遷居台北，震驚於台被街頭槍決示眾的原始慘烈。隨著丈夫的工作不斷遷調，她就這樣身不由己地轉轉在彰化、台北、基隆、豐原、桃園。直到 1967 年（47 歲）加入日本短歌社台北支部和《笠》詩社，她在詩的花園裡嗅聞到自由的芬芳，才總算，真正地碰觸到只屬於她自己的，快樂和悲哀。

五十歲以後，她出書、開會、演講，赴日參與詩人會議和對於她的作品討論。才以為幸福正慢慢靠近，1978 年（58 歲）又因為情感生變，決議離婚後在天母上吊自殺獲救，聲帶受損，長期喑啞。1985 年再婚後又於同年離婚，隨後因婚姻官司纏身，身心俱受重創，仍參與創辦「台灣筆會」，提攜後進不遺餘力。

厭世避居嘉義關仔嶺時，慕名而來的拜訪者和受她提攜過的無數晚輩，都叫她「陳姑媽」，她還是認真活著，只是生命的氣血與熱情，慢慢消歇。我們在閱讀陳秀喜白描而恬靜的詩，對照她動盪不安的一生，真覺得在詩裡有一種淬洗生命的重要意義。

---

[9] 關於風格與人如何表現在作家與作品的拉鋸與辯證，詳見《鏡與燈》，p.364-373。

(三) 在生活裡延續陳秀喜

文學共享是一種獨特的生命經驗，越來越多教育上的多元嘗試，深耕閱讀與文學的影響。

當我們在親近陳秀喜詩時，教學活動必須以「樂趣」為優先考量，聲音，影像，人際互動，工藝製作，參觀活動，情境模擬，資料收集與展示……，其中，最準確也最重要的學習模式是，走向大自然。

1. 大自然教室

陳秀喜的創作，取材於和她完全貼合著的山河草木、日夜風花，取材於她日日看見的鳥獸蟲魚、門灶塵土，那種特屬於大自然的聲音、顏色和芬芳，和來自日常生活的磨練重疊，大自然的起伏變化就是她的起伏變化，大自然的感觸就是她的感觸，所以，要進入她的詩世界，勢必融入大自然的教室，在無邊欄的肌膚撫觸中，感受她著力描繪著的那種永恆。

2. 愛的洗禮

她並不是要在這個與天地交接的大教室裡，學會超脫凡塵，看淡人事情纏，反而這所有大自然的示範，一棵樹是愛，一朵花是愛，泥土是愛，鳥是愛，無論是灶、賊、皮球裡都飽涵著愛，叫她讀出了愛的無怨無悔無藏無私。當我們在兒童的閱讀視野裡，放進了這麼多「愛的洗禮」時，最重要的是檢查我們自己，是不是也進入了陳秀喜一向相信著的「愛的真摯和珍貴」，因為，透過我們有形的行為示範和無形的理念價值，兒童正跟著我們，在生命起步時，張望，並且逐步摸索著對於他們而言，究竟要至確定什麼是愛。

3. 多元詩集

最後，試著讓詩在生活裡萌芽。藉著閱讀陳秀喜詩，習慣詩的

韻律，寫幾句話，用「一本書」的型態做整體的思考與討論，引領著兒童，同時也為自己留下一本，只屬於自己的，獨一無二的詩集。詩集可以是簡素的，也可以鮮豔豐富，不拘任何媒材，拼貼，素描，彩繪……，樹葉也好，畫也好，照片也好，學習對生活的珍惜與記錄。

很可能，閱讀陳秀喜詩的時間是短暫的，對於生活的正視與感恩，卻可以陪著兒童、陪著我們，一直到很久很久。

五、結論

兒童文學發展，原來就持續存在於有機的生養幻滅中。原意為大英帝國殖民發聲的《魯賓遜漂流記》和為諷刺菁英階層矯揉做作而寫的《格列佛遊記》，都因為洋溢在書中的兒童性和遊戲性，先後被「兒童文學」據為己有。

在現有的出版環境裡，兒童可以選擇的閱讀文本很多，不一定要閱讀陳秀喜詩；陳秀喜詩也一直不被當作兒童詩來看待。只是，當我們認真去檢視這個聲光眩目的後現代社會，看起來選擇變多了，兒童的閱讀基模卻慢慢被鮮豔的顏色、喧囂的聲音和破碎的影像統一起來。所以，本文從「台灣文學」板塊裡的陳秀喜詩，切割下一小塊據為「兒童文學」版圖，特意整理出一種溫柔、素樸、更具有台灣情味的文字模式，允許兒童閱讀多出一種經驗常模。

當然，關於親近陳秀喜詩的兒童閱讀策略，一定也還有更多可能。本文無意「統一標準」。取意只在嘗試，提出一種讓台灣文學和兒童文學接軌的可能。因為，多元並立、眾聲喧譁，才能讓各種文學風景，一如陳秀喜所期待的:「把彩傘展開，衝向天空，高揚花瓣的帆，和晨陽同時綻放，勇敢地跟晨陽爭光彩。」

參考書目

艾登‧錢伯斯（Aidan Chambers）著 許慧貞譯 《打造兒童閱讀環境》 台北：天衛文化圖書有限公司 2002.1

──著 蔡宜容譯 《說來聽聽──兒童、閱讀與討論》 台北：天衛文
化圖書有限公司 2002.2

M.H.艾布拉姆斯（M.H. Abrams）著 酈稚牛、張照進、童慶生譯
《鏡與燈──浪漫主義文論及批評傳統》 北京：北京大學出版社
1989.12

吉姆‧崔利斯（Jim Trelease）著 沙永玲、麥奇美、麥倩宜譯 《朗
讀手冊──大聲為兒童讀書吧！》 天衛文化圖書有限公司
2002.1

林文寶、徐守濤、陳正治、蔡尚志合著 《兒童文學》 台北：五南圖
書出版有限公司 1996.9

陳玉玲著 《台灣文學的國度──女性、本土、反殖民論述》 台北：
博揚文化事業有限公司 2000.7

陳秀喜著 李魁賢主編 《陳秀喜全集 1-10》 新竹：新竹市立文化中
心 1997.5

鄭明娳主編 《當代台灣女性文學論》 台北：時報文化出版企業有限
公司 1993.5

愛的世界

——論詹冰童詩的風格

謝 淑 麗

摘　要

跨越語言一代的詩人詹冰，本名詹益川，為銀鈴會後期的詩人之一，其圖象詩對後世新詩影響深遠，李魁賢認為詹冰的詩清澄、冷澈，不讓情緒流露，是臺灣現代主義的先驅者之一。

兒童詩的創作是詹冰詩作的一個重大的轉變，創作現代詩時的詹冰情感冷靜，充滿知性的觀照，而兒童詩的詹冰則是感性的詩人，情緒表達直接。因為兒童詩是一種淺語的藝術運用，透過文字的比喻、象徵，使意象清楚呈現。讓兒童看得懂，引起共鳴產生趣味，才能使兒童繼續讀下去。詹冰的兒童詩豐富生動，收錄於《太陽‧蝴蝶‧花》及《銀髮與童心》中。

對阿公級的詩人詹冰而言，詩作的多少已不是創作的重點，他所在意的是能不能堅持一顆詩心。他主張兒童詩不是初階段的詩，也不是降低格調的詩，寫童詩最大的意象是要喚醒兒童的詩心。詹冰說：有詩心，生活才有快樂、幸福。詩心就是真、善、美、愛之心。

童詩要回歸童心，如〈遊戲〉一詩，即充滿童心的想像。此外，詹冰認為童詩的作者要有詩心、童心、愛心以外，更重要的應是無心，即虛心，這樣才能寫出更高的境界。

詹冰的童詩自生活中取材，構築出一個充滿愛的世界，包含對家庭之愛、動物之愛、自然之愛、對生命的關懷。因此，本文將從無邪的童心、溫馨的親情、具象的美感、隱喻的意象、無心的境界等方面來深入探討詹冰童詩的風格。

一、前言

　　跨越語言一代的詩人詹冰，本名詹益川，為銀鈴會後期的詩人之一，其圖象詩對後世新詩影響深遠，李魁賢認為詹冰的詩清澄、冷澈，不讓情緒流露，是臺灣現代主義的先驅者之一[1]。從民國三十五年加入銀鈴會，在銀鈴會的詩刊《緣草》、《潮流》上發表詩作，一直到民國五十三年創刊的《笠》詩刊，即使中間因政治因素及語言的隔閡空白了十六年，詹冰依然在桓夫的鼓勵下，由原本熟練的日文轉為以生硬不成熟的中文練習寫詩，因為他認為詩人的使命是創造獨特的、前人未踏的詩的美的境界。這樣堅持的使命感，使詹冰對詩的創作數十年來始終持續不輟，熱情不減。

　　當過藥師和理化老師的詹冰說：「要創作一首好詩，詩人也應不斷地做實驗、實驗。」[2]因此，好學的詹冰將實驗的精神轉向兒童詩的創作，這是他在詩作上的一個重大的轉變，事實證明，他成功了。收錄於《太陽‧蝴蝶‧花》及《銀髮與童心》中的作品豐富、生動，備受肯定，舉凡奶奶的皺紋、爺爺的白鬍子、甚至於迷路而找不到媽媽的小貓、受傷的小狗，詹冰都一一寫進童詩中，構築出一個充滿愛的世界，也奠定詹冰在兒童文學界的地位。

　　他曾將詩人分為三種類型：一是思想型，即哲學型，重知性的思考。二是抒情型，即音樂型，重韻味的律動。三是感覺型，即美術型，重意象的飛躍。[3]創作現代詩時的詹冰情感冷靜，充滿知性的觀照，而寫作兒童詩的詹冰則是感覺型的詩人，情緒表達直接。

　　對已經晉升為阿公級的詩人詹冰而言，詩作的多少已不是創作

---

[1] 李魁賢，〈論詹冰詩〉，《臺灣文藝》，第 76 期，1982 年 5 月。

[2] 詹冰，《變》，臺中市立文化中心出版，1993 年，頁 218。

[3] 趙天儀，〈認真誠摯的詩人－詹冰〉，《銀髮與童心》，臺中市立文化中心出版，1998 年 5 月，頁 243。

的重點，他所在意的是能不能堅持一顆詩心。詹冰說：「兒童詩必須是詩，不然的話，一概免談，兒童詩不是初階段的詩，也不是降低格調的詩，寫童詩最大的意象是要喚醒兒童的詩心。不是教育，也不是學習，也不是娛樂。」[4] 詹冰相信有詩心才是真正的詩人，才會寫出好詩。因為寫詩最重要的是要磨練養成一顆詩心，使詩心發揮誠實、高雅、善良和諧、美感的光芒。[5] 有詩心，生活才有快樂、幸福可言。而所謂的詩心就是真、善、美、愛之心。[6] 因此，以下將從五項子題來深入詹冰充滿愛的世界，探討其童詩中對家庭之愛、動物之愛、自然之愛、對生命的關懷所表現出來的風格。

二、無邪的童心

嚴羽在《滄浪詩話》中提到：「詩有別才，非關書也；詩有別趣，非關理也。」而這正是童詩最大的特質，童詩要回歸童心，即所謂的「赤子之心」，也是最純真無邪的本心，這是兒童與生俱來特有的，任何人都學不來的。[7] 兒童的直覺性很強，因為具備著童心，因此，兒童無意中脫口而出的童言童語，反而顯得可貴而有趣，童味十足，可謂天生的詩人。詩是語言的藝術。一首真正好的童詩，不但小孩子們看得眉開眼笑，即使阿公阿媽讀了也是津津有味的。[8] 在童詩的國度裡，無年齡的界限，也沒有性別的隔閡，即是一首動人且成功的童詩。如詹冰的〈遊戲〉一詩，即充滿童心的想像。

---

[4] 同註3，頁245。

[5] 莫渝編，〈詹冰小傳〉，《認識詹冰‧羅浪》，苗栗縣立文化中心，1993 年出版，頁6。

[6] 同註3，頁5。

[7] 同註3，頁245。

[8] 杜淑貞，《兒童文學析論下冊》，五南圖書出版公司，1994 年 4 月初版一刷，頁 556。

小弟弟和媽媽的會話
「媽媽，你的肚子為什麼這麼大？
裡面有什麼東西？」
「小明，裏面有妹妹。」
「叫她出來嘛，
我要和她玩一玩。」
選自《笠詩刊》230 期

弟弟的話
媽媽說：「每天要吃飽飽，才會長大呀──。」
弟弟說：「我每天都吃很飽，為什麼沒有長大呢？」
媽媽：「有啊!你有長大啊。」
弟弟說：「我還是做弟弟，沒有變成哥哥。」
選自《笠詩刊》230 期

以上這兩首富有童趣的詩，透過兩人問答對話的方式，傳達弟弟的天真與坦率，純真無邪的心靈，率直的思考方式，令人不禁莞爾，也因此趣味橫生。「長大」對兒童而言是很重要的一件事，但是，小朋友缺乏長幼有序的倫理概念，他不知道身為弟弟就永遠是弟弟，即使長大，也絕對不會變成哥哥的。當然，他也不明白媽媽懷孕是怎麼一回事，只是稚氣地想和未曾謀面的妹妹玩。詩裡也不經意地反映出小朋友渴望「長大」的急切，及「哥哥」在他們心中的權威性，十分耐人尋味。

遊戲
「小弟弟，我們來遊戲
姊姊當老師，
你當學生。」
「姊姊，那麼，小妹妹呢？」

「小妹妹太小了，
她什麼也不會做──
我看
讓她當校長算了。」
選自《太陽‧蝴蝶‧花》

　　兒童的生活圈很小，除了家人之外，老師與學生是小朋友最熟
悉、最親近的人，而校長與小朋友的關係較遙遠，有距離感，兒童無
法了解他的工作性質，才會說他什麼也不會做，詩中充滿趣味性，童
稚的言語自然又天真，充分展現兒童的特質，模仿力與想像力十分豐
富，純真的童心，毫無做作之感。

小羽的疑問
四歲的小羽回來鄉下的第一天，
我在調劑室給顧客配藥。
顧客出去後，小羽就問我：
「阿公，為什麼要拿藥給別人？」
「阿公要賺錢呀，
有錢就可以買糖果、玩具給你──。」

又來一位顧客，我再配藥
當顧客的面前，小羽大聲地問我：
「阿公你在賺錢是不是？」
我一時答不出來，只看小羽認真的臉。
顧客看著這一對寶貝祖孫，
偷偷地一直在笑……。
選自《銀髮與童心》

　　小羽的直率，令阿公尷尬不已，有話就直說，不會藏在心裡，

也不會拐彎抹角，這也是兒童最可愛之處，因為在兒童的世界裡，不需要成人的世故，欺騙與勢利眼。

三、溫馨的親情

今年八十三歲高齡的詹冰[9]，擁有一位皇后般賢淑的夫人，是卓蘭第一大美人，也是個標準的賢妻良母，兩人並育有二女一男，內孫十五位，曾孫三位，可說是兒孫滿堂，家庭幸福美滿。熱愛家庭的詹冰不但是個標準的好先生、好爸爸，同時，他也是一位頗受孫子歡迎的爺爺，這份家庭中溫馨的親情，在他的詩中處處可見，益發動人。

我的日記簿
爸爸買了一冊漂亮的日記簿
從此我每天都寫日記
我做了什麼我想了什麼
都一一記在我的日記簿裡
爺爺去參加世界詩人大會
奶奶掉了一顆牙齒
爸爸中獎統一發票四百元
媽媽買一盆美麗的蘭花
哥哥撿到錢拿給老師
姊姊在報上發表兒童詩
妹妹看到一隻老鼠就哭
弟弟放了一個響屁
我都忠實地記在我的日記簿裏

將來我的日記簿

---

[9] 詹冰，〈我八十三歲了〉，《笠詩刊》，第 234 期，2003.4.15 出刊，頁 38。

會變成我家寶貴的歷史記錄
選自《銀髮與童心》

　　日記簿裡，忠實的記錄著家人每天所發生過的大大小小事情，爺爺去參加世界詩人大會、姊姊在報上發表兒童詩的豐功偉業、奶奶掉了一顆牙齒、爸爸中獎統一發票四百元、媽媽買一盆美麗的蘭花、哥哥撿到錢拿給老師，這些也是值得記載的美事，就連妹妹看到一隻老鼠就哭，弟弟放了一個響屁，這樣的芝麻小事也不放過，將來的確會是家裡最寶貴的歷史記錄，透過淺白而細膩的文字，著實令人感受到家庭的溫情。

> **最愛吃的水果**
> 爺爺說：「我最愛吃香蕉。」
> 奶奶說：「我最愛吃橘子。」
> 爸爸說：「我最愛吃芭樂。」
> 媽媽說：「我最愛吃荔枝。」
> 哥哥說：「我最愛吃鳳梨。」
> 姊姊說：「我最愛吃葡萄。」
> 我就說：「我最愛吃大梨。」
> 小妹說：「我最愛吃蘋果。」
> 三歲的小弟弟說：「亂七八糟。」
> 選自《銀髮與童心》

　　種類繁多而互異的水果，反映出家人不同的偏好，難怪少不更事的三歲小弟弟會以「亂七八糟」來作總結。事實上，家人各有所好是正常的事，也使詩更顯得熱鬧，雖然雜亂，卻是亂中有序，相互包容，靈活有趣，流露溫馨的親情，使家中也宛如一個大水果市場般，洋溢著歡樂的氣氛。

爺爺的枕頭

爺爺說

我的枕頭好軟

我的枕頭好暖

我的枕頭好香

我的枕頭好乖

我的枕頭會動

我的枕頭會笑

我的枕頭會呼息

我的枕頭講話

我的枕頭唱歌

我的枕頭是最可愛的枕頭

我的枕頭是天下無雙的枕頭

爺爺的枕頭就是

——我的頭

選自《銀髮與童心》

　　這首詩以爺爺說的話做開場白，緊接著連續說出枕頭的九項優點，引起讀者的好奇心，急於想知道到底是什麼樣的枕頭呢，最後公佈謎底了，令人恍然大悟，也不禁發出會心的一笑。在爺爺的眼中，自己的孫子永遠是最可愛的，就連孫子平凡的一顰一笑，一舉一動，在爺爺看來都是天下無雙的，詩中令人深切地感受到爺爺對孫子的疼愛與憐惜，含飴弄孫之樂一覽無遺。直接的血緣關係，緊緊地牽繫著祖孫之間濃得化不開的親情，這樣一個無距離又多功能的可愛枕頭，無庸置疑，的確是獨一無二的。

爺爺的白鬍子

爺爺的白鬍子好長

我喜歡拉爺爺的白鬍子

> 我拉鬍子爺爺就笑起來
> 有一次我拉得太用力
> 爺爺笑著說：「好痛喔！」
> 我才曉得爺爺的白鬍子是
> 活的！
> 選自《銀髮與童心》

　　小朋友總是從遊戲的經驗中學習與領悟，也因此才知道爺爺的白鬍子原來是活的！而不是玩具。而爺爺必定對這份祖孫情十分珍惜，因此，當小朋友拉鬍子時，爺爺非但不生氣，反而還面露笑容，顯然是樂在其中，本詩也呈現出親情強大的包容力，能原諒孫子不經意且不合宜的舉動。

四、具象的美感

　　杜淑貞主張童詩有七項特質：自然靈動的意象、平淡天真的詩味、樸實貼切的經驗、新巧豐美的想像、坦白率直的淺語、簡潔明暢的旨趣及響亮悅耳的節奏。[10] 對此，徐守濤也持相同的看法，[11] 她並且提出童詩的寫作原則有七：主題要正確、感情要真摯、形式要多變、能抒發兒童的情緒、能愉悅兒童、取材多樣化、想像要優美。[12] 顯示出詩不僅重視抒情，同時，詩也十分強調美感經驗，透過生動的聯想力，將無形化成有形，使抽象變成具象的美感。所謂美就是心

---

[10] 杜淑貞，《兒童文學析論下冊》，五南圖書出版公司，1994 年 4 月初版一刷，頁 577~578。

[11] 徐守濤認為詩的特質有六：淺顯易懂、生活經驗、意象鮮明、想像豐富、生動傳神、情趣盎然。《兒童文學》，五南圖書出版公司，1996 年 9 月初版一刷，頁 126。

[12] 徐守濤，〈兒童詩〉，《兒童文學》，五南圖書出版公司，1996 年 9 月初版一刷，頁 126。

中有愛，詹冰將心中對家人及大自然的愛訴諸文字，美感自然而生。

假使我是魔術師

假使我是魔術師
把稻草變成拐杖——給爺爺
把紅紙變成玫瑰花——給奶奶
把樹葉變成錢幣——給爸爸
把細砂變成肥皂粉——給媽媽
把米糠變成餅乾——給弟弟妹妹
把雞毛變成毛蟲——給罵我的姊姊
選自《銀髮與童心》

　　稻草、紅紙、樹葉、細砂、米糠、雞毛本是生活中最平凡無奇的物品，俯拾皆是，但是兒童透過魔術師的手，經由優美的想像，產生如魔法般點石成金的效果，創意十足，這正是「落花水面皆文章」的最佳寫照。之後再把拐杖、玫瑰花、錢幣等禮物送給他最親愛的家人，唯獨姊姊，因為罵他，因此只能得到雞毛所變成的毛毛蟲，由此可看出兒童心中的好惡分明與敏感性，另一方面也顯示出他對於家人的需求的默默關注。

美麗的大樹

星期天，爸爸帶我去爬山
山中有棵美麗的大樹

健壯的樹幹
好像黑色的鋼骨
茂盛的嫩葉
好像綠的火焰
滿樹的鶯

好像白色的花朵
回家的時候，我再三回頭
看那棵美麗的大樹
選自《太陽‧蝴蝶‧花》

假日的山上，一棵又粗又壯的樹幹上，長滿了鮮嫩翠綠的樹葉，再加上成群正在樹上棲息的白鷺鷥，讓大樹看起來美麗極了，也使得小朋友捨不得離開，頻頻回頭，再三觀望。作者以黑色、綠色、白色來彩繪大樹的美，並運用鋼骨、火焰、花朵等具體物品，使美感更加具象而靈活，令人印象深刻，也可察覺到詹冰對大自然生態的關懷，詩中隱約地提醒讀者造訪大樹之餘，別忘記要繼續維持它的美麗。

小雨
雨，打在我的手臂
雨，打在我的鼻尖
雨，打在我的眉毛
雨，在池塘上畫圓圈
雨，在草葉上塗水彩
雨，在花朵上鑲寶珠
雨，在屋頂上跳舞
雨，在樹林中細唱
雨，在我的心坎裏吟詩
選自《太陽‧蝴蝶‧花》

雨，打在手臂、鼻尖和眉毛，使兒童明確地知道下雨了，不論是在畫圓圈、塗水彩、鑲寶珠、跳舞或唱歌，也不論是在池塘上、花朵上、草葉上、屋頂上或是在樹林中，雨其實是在兒童的心坎裏，他將所見的景物化成一首詩，也將雨的動態美與靜態美一併收納，兼具

視覺與聽覺上的美感，使一幅雨中即景的畫面呼之欲出。

奇妙的夢
腳尖一蹬，我就飛起來了
我飛上屋頂
我飛上彩虹
我飛上星星
我和甲蟲講話
我和小鳥合唱
我和大象遊戲
我和熱帶魚游泳
在夢中，我是小精靈
所以我喜歡作夢
選自《太陽‧蝴蝶‧花》

　　虛幻的夢中所見，構成一個美麗的世界，令人嚮往，夢裡的我，如同天神般無所不能，登上屋頂，飛上彩虹，甚至連遙不可及的星星都能到達。夢境是真實的想像，不管是和甲蟲講話、和小鳥合唱、與大象遊戲、和熱帶魚游泳，自由自在，隨心所欲，如神仙般無所不能。在夢中的大自然界裡，可以化身為可愛又快樂的小精靈，平時做不到的事，夢中都可一一實現，輕而易舉，難怪小朋友都喜歡作夢，不論是天上、地面或水裡，盡情地悠遊於想像的國度裡，生活既豐富又精彩。

五、隱喻的意象

　　許義宗認為強烈豐富的情感是兒童詩的本質，真切美妙的意境

是兒童詩的靈魂。[13] 意象是作者的意識與外界的物象相交會，經過觀察審思與美的釀造，成為有意境的景象。然後透過文字，利用視覺意象或其他感官意象的傳達，將完美的意境與物象清晰地重現出來，讓讀者如同親見親受一般，這種寫作技巧，稱之為意象的浮現。[14] 而兒童詩是一種淺語的藝術運用，透過文字的比喻、象徵，使意象清楚呈現。讓兒看得懂，引起共鳴產生趣味，才能使兒童繼續讀下去。[15]

　　詩，注重傳神的表現，與氣韻的流動，所描寫的文字，愈具體愈真切，形象便愈凸出，所描摩的意象，愈具體活動力，則在讀者潛在的經驗世界中，喚起的共鳴，也就愈強烈。[16] 詹冰的詩著重意象和情趣，他認為寫詩應從意象上的類似，寫出生命上的關聯性，才能擴大詩的意義，也才能引起讀者的共鳴。

新娘

做新娘的姊姊好漂亮
穿上新娘衣服真像天上的仙女
一向淘氣的姊姊今天好乖
坐著不敢動頭也不敢抬起來

我想笑又不敢笑
跑到小房間偷偷地笑
我的嘴巴雖然一直在笑
可是我的眼睛卻在流淚
選自《銀髮與童心》

---

[13] 杜榮琛，《兒童詩寫作與指導》，臺灣省教育廳編印，1983 年出版，頁 45。

[14] 黃永武，《中國詩學設計篇》，頁 3。

[15] 徐守濤，〈兒童詩〉，《兒童文學》，五南圖書出版公司，1996 年 9 月初版一刷，頁 126。

[16] 杜淑貞，《兒童文學析論下冊》，五南圖書出版公司，1994 年 4 月初版一刷，頁 568。

　　兒童的心靈十分純真，易受外來事物影響，因此，姊姊出嫁原是一件喜事，該微笑看待，尤其是穿上新娘衣服的姊姊像天上的仙女一樣美，但是她卻坐著不敢動，頭也不敢抬起來，不知是害羞或難過，一點也不像平常般淘氣，這樣異常的舉動與氣氛，使小朋友頓時慌了手腳，只好躲在小房間偷笑，但一想到姊姊將離開家，離開自己，眼睛也不禁流淚。此首詩取材於兒童的生活經驗，以離別為主題，更能勾起兒童心中深切的共鳴，也使喜氣的場合，增添了淡淡的離愁與悲傷。

> **漂白**
> 媽媽把漂白粉倒在臉盆裡
> 再加水就變成起泡的牛奶
> 然後把我們的髒衣服
> 放進臉盆裡漂白——
>
> 媽媽時常漂白衣服
> 所以我們的衣服都是很潔白
> 可是媽媽的黑頭髮也
> 漸漸被漂白了——
> 選自《銀髮與童心》

　　髒衣服放進臉盆裡漂白就會變得潔白，而媽媽的黑頭髮日復一日，在洗衣等家事的不斷勞碌下，也漸漸被漂白了，二者形成強烈的對比，黑白互換，耐人尋味。作者雖不言而喻，但讀者卻仍可輕易地了解，將媽媽的黑頭髮漂白的兇手其實是歲月，鮮明的意象令人有無限的感嘆。

> **皺紋**
> 妹妹：「姊姊，你在做什麼？」

　　姊姊：「我在用電熨斗，燙平衣服。
衣服上的皺紋就會消失了。」
　　妹妹：「那麼，姊姊，
你熨平奶奶臉上的皺紋，好麼——？」
　　選自《銀髮與童心》

　　心思單純的妹妹無法明白，奶奶臉上刻劃著年華老去的皺紋是無法用電熨斗來燙平的，她的渴望更襯托出對奶奶的親情，怕有朝一日會面臨失去奶奶的不捨，所以希望藉由電熨斗，來留住奶奶的青春。作者藉由妹妹的請求，以自然平易的聲音，留給讀者細細體會與回味的空間。

閃電

誰在黑板上
寫ㄅㄆㄇ？

黑暗裡
誰拿手電燈在找東西？

美麗的閃光熄滅了
又誰在大叫大發脾氣？
　　選自《太陽·蝴蝶·花》

　　英國詩人艾略特（T. S. Eliot）非常強調文學的具象性，他認為表達情意的唯一藝術公式，就是找出意之象：即一組物象、一個情境、一連串事件。[17]作者連續提出三個問題，兇手究竟是誰，作者雖

---

[17] 杜淑貞，《兒童文學析論下冊》，五南圖書出版公司，1994 年 4 月初版一刷，頁 566。

不明說，但答案已呼之欲出，詩中將閃電出現的前奏及出現時的情
景，無論是閃光或打雷聲都刻劃細膩，以手電燈及大叫大發脾氣作譬
喻，益發加深閃電的意象。

六、無心的境界

詩人桓夫說：「凡接觸過詹冰的人，都知道詹冰是一位認真誠
實，律己謹嚴，忠厚和平的人。」[18] 詹冰認為童詩的作者要有詩心、
童心、愛心以外，更重要的應是無心，即虛心[19]，這樣才能寫出童詩
更高的境界。要虛心聆聽自己的心，加以反省，如此才能更加了解自
己的心。

李魁賢也主張詩的功能在於：一、擴大讀者的經驗，即未實現
的生活，關於經驗的可能性或可體會性。二、強化讀者的經驗，即已
實現的生活。兒童詩應以兒童讀者為對象的可體會性和可讀性為基準
來挑選，加強教化的功能。[20] 恰巧，詹冰曾寫過一首題目為「媽媽拼
命地打我」[21] 的詩，內容敘述六歲時的某一天下午，我在回家途中，
經過雜貨店，看到又大又可愛的洋蔥，而興起想吃洋蔥煮的麵條，於
是，趁著老闆低頭忙著打算盤時，偷偷地選了一個藏在褲袋裡，趕緊
跑回家央求媽媽煮麵，卻被媽媽用竹子狠打一頓，最後，因為看到媽
媽的臉上掛著比星星還亮的淚珠，而再也不敢拿別人的東西。

[18] 趙天儀，〈認真誠摯的詩人－詹冰〉，《銀髮與童心》，臺中市立文化中心，
1998 年 5 月出版，頁 247。

[19] 詹冰，《太陽. 蝴蝶. 花》，水牛圖書出版事業有限公司出版，1993 年 10 月初
版三刷，頁 4。

[20] 李魁賢，〈論詹冰的詩〉，《變》，臺中市立文化中心，1993 年出版，頁 223。

[21] 詹冰，《太陽. 蝴蝶. 花》，水牛圖書出版事業有限公司出版，1993 年 10 月初
版三刷，頁 42~45。

彈弓

彈弓射出去
小麻雀就落下來了
我的心跳得好厲害──

小麻雀閉著眼睛
嘴角流著人一樣的紅血
我怎麼辦才好呢──

我悄悄地把彈弓丟在河裡──
選自《銀髮與童心》

　　小朋友拿彈弓射中小麻雀，而使心跳得好厲害，此時心中充滿驚喜的快樂，但是，當他看見落下來的小麻雀竟然閉著眼睛，嘴角流著和人一樣的紅血時，頓時不知所措，內心十分恐懼與驚慌，最後，他決定悄悄地把彈弓丟在河裡，煙滅證據，這當然不是正確的作法，逃避現實的駝鳥心態，但這也是多數人直覺性的反應。

我殺死了蝴蝶

我橫掃捕蝶網
捕到我了一隻蝴蝶
蝴蝶不願意地
在網中擺動翅膀

為了要欣賞牠的美
為了要做昆蟲標本
用手指捏壓牠的胸部
我殺死了蝴蝶
另一個的我

看我殺死了蝴蝶
在旁邊流淚——
代替牠流血——
選自《太陽·蝴蝶·花》

在兒童幼小的心靈裡，還無法面對死亡對於生命所造成的悸動，小朋友為了要欣賞蝴蝶的美，而將牠捕捉，儘管牠極不願意地在網中擺動翅膀，但是為了要做昆蟲標本，仍然殘忍地用手指捏壓牠的胸部，將牠殺死之後，才猛然驚覺自己殘害了一條生命，流下悔悟的眼淚。這首詩令人感到一股難堪的悲哀，難道一隻活生生四處飛翔的蝴蝶，竟然比不上冰冷的昆蟲標本，為何人類總是自私地將快樂建築在其他生物的痛苦上，為了滿足一己之私欲，而漠視其他萬物生命的存在呢?事後的罪惡感又能彌補什麼呢?

抓蟲
爺爺帶我去野外抓蟲
爺爺真棒，用捕蟲網抓到好多蟲
有螳螂、蜻蜓、蝴蝶、蝗蟲
抓到的蟲放在塑膠袋、玻璃瓶中
蝴蝶用翅膀一直敲打塑膠袋
螳螂用長手一直打擊玻璃瓶
我邊跳邊唱歌，高興極了

回家後，越看越可憐
我把全部的蟲，放回花園裏——
選自《銀髮與童心》

兒童的善良是不分對象的，面對昆蟲們的掙扎，使他的同情心油然而生，先前因一時的好奇心、新鮮感所引起的抓蟲的喜悅，頓時

一掃而空,取而代之的是對生命的尊重與慈悲,因而改變心意,把全部的蟲都放回花園裏,展現出人性中光明的一面。

七、結論

兒童詩是一種想像的,表現的藝術,一首好的童詩,不一定能給兒童智慧知識或教訓,它像蝴蝶,看似無用,卻能使這個世界更美麗、更可愛。[22] 詹冰透過細微的觀察,一一記錄兒童的性情、思想、生活、成長、希望、快樂與悲傷等諸多情緒,輔以自然的語言,使童詩顯得更加親切、活潑,同時也兼具高度的可讀性。因為用詩來寫生活是詹冰的理想,他認為這才是真正的生活詩。七十歲時的詹冰,有一則不變的原則,那就是「要變,就要愈變愈美好,像蓓蕾變成美麗的花朵,像毛蟲變成漂亮的蝴蝶,像黑炭變成燦爛的鑽石。」[23] 要變成最美好的真、善、美、愛,否則人生就毫無意義了,因此,「變」即為詹冰的人生觀。

詹冰在八十一歲生日時,作了一首詩,描述「詩人的一生,可以分成五個階段,第一階段,有我無詩,開始愛詩,學習寫詩。第二階段,有我有詩,創出有詩感的詩作品。第三階段,詩中有我,我中有詩,我與詩融合為一體,創造詩高潮。第四階段,無我有詩,詩變成我的寶貴生命。第五階段,無我無詩,達到極樂的詩仙境界。」[24]

現年八十三歲高齡的詹冰,對詩的熱愛仍不止息,堅持以淺易明瞭的語言寫詩,時有新作發表於《笠》詩刊,他主張銀髮生活要看開一切,知足感恩,他希望每天的生活中都能有詩、有愛、有美,所以,他最大的願望是可以終生寫詩,達到詩仙境界。他形容「沒有詩

---

[22] 林武憲,〈兒童詩和兒歌有什麼不同〉,國語日報《兒童文學週刊》,第 273 期,轉引自杜淑貞,《兒童文學析論下冊》,五南圖書出版公司,1994 年 4 月初版一刷,頁 577。

[23] 詹冰,《變》,臺中市立文化中心,1993 年出版,頁 44。

[24] 詹冰,〈詩人的一生〉,《笠詩刊》,第 227 期,2002/2/15 出刊,頁 45。

的日子，不僅眼界沒有色彩、耳朵沒有樂音、鼻子沒有香氣、舌頭沒有滋味、臉上沒有笑容、身上沒有力氣，甚至連精神都沒有神氣，詩興沒有產生，讀詩無詩感，寫詩無靈感，詩神不光臨，生活也不快樂，沒有詩的日子，只有痛苦。」[25]因此，他希望這樣的感覺以後不要再來。詹冰對詩的這份熱愛與執著，數十年不變，也使他的童詩世界充滿溫情，格外動人。

參考書目

詹冰　《太陽·蝴蝶·花》　臺北：水牛圖書出版事業有限公司　1993.10 初版

詹冰　《變》　臺中：臺中市立文化中心　1993

詹冰　《銀髮與童心》　臺中：臺中市立文化中心　1998.5

莫渝編　《認識詹冰·羅浪》　苗栗：苗栗縣立文化中心　1993

趙天儀　《兒童詩初探》　臺北：富春文化事業股份有限公司　1992.10 台北一版一刷

杜榮琛　《兒童詩寫作與指導》　臺灣省教育廳編印　1983

徐守濤等　《兒童文學》　臺北：五南圖書出版公司　1996.9 初版一刷

杜淑貞　《兒童文學析論下冊》　臺北：五南圖書出版公司　1994.4 初版一刷

---

[25] 詹冰，〈沒有詩的日子〉，《笠詩刊》，第 230 期，2002/8/15 出刊，頁 43。

詹冰兒童詩淺析

湛敏佐

摘　要

　　八十三歲的詹冰在台灣文壇筆耕了一甲子，除了新詩的創作外，也涉獵兒童詩。兒童詩集《太陽、蝴蝶、花》在一九九九年入選「台灣兒童文學一百」。

　　本文試著針對詹冰已出版的兒童詩作品為研究範圍，先對作者的生平概況、文學歷程、兒童詩作品、兒童詩觀、文學理念等等加以整理，再淺析詹冰兒童詩的特色。讓詹冰在兒童詩的努力成就更加清晰，並藉此向這位台灣詩壇元老、詩界的國寶，致上由衷的敬意。

一、前言

兒童詩因其「真、善、美」的內涵，可以美化兒童生活、淨化心境，是兒童重要的精神糧食，因此兒童詩的提倡備受重視，這也是現今兒童詩蓬勃燦爛之因。

從新詩界跨足兒童詩界的詹冰，今年已八十三歲，寫詩也超過半個世紀。對於寫詩，詹冰說：「『詩』，對我來說，最重要、最喜愛的一個字。」[1] 又說：「寫詩是心靈及感覺的舒展，是一種樂趣而不是工作。……我只希望寫出充滿真、善、美、愛的詩篇。」[2]

「詩」已然成為詹冰心靈及生理上的自發行為，外界的評語、有無發表的舞台，對詩人而言不甚重要，「詩」成為詩人一輩子的最愛、第二生命、最終的堅持。詹冰除最愛的「新詩」外，也因作品的淺顯易懂而自然跨入「兒童詩」界，因著其日積月累的豐厚實力，寫起兒童作品不但淺白流暢、充滿童趣、愛意而且功力紮實，趙天儀教授就曾讚許詹冰是以真正作詩的態度來寫兒童詩[3]。

詹冰主張並堅持：「……兒童詩要一篇完美的詩。」[4]，詹冰自己對這一點持之以恆、力行畢生，堅持為兒童真正的幸福努力耕耘。因著這樣既嚴格又自然的理念，詹冰的兒童詩量並不多。第一本兒童詩集《太陽・蝴蝶・花》曾入選「台灣兒童文學一百」。相隔十七年出版《銀髮與童心》，當中選錄一百首童詩。莫渝曾於二○○一年十

---

[1] 見詹冰，〈快樂的詩路〉，《第二屆綠川個人史文學獎入選作品集》，台中市：財團法人鄭順娘文教公益基金會，2001 年 5 月，頁 134。

[2] 同註 1，頁 178。

[3] 見趙天儀，〈評《太陽・蝴蝶・花》〉，《台灣時報副刊》，1982 年 17 日，轉引自《詹冰詩全集(二)—兒童新詩》，苗栗縣：苗栗文化局，2001 年 12 月，頁 206。

[4] 見詹冰〈兒童詩隨想〉，《笠》七十一期，1976 年 2 月，頁 40-42，轉引自《詹冰詩全集(二)—兒童新詩》，苗栗縣：苗栗文化局，2001 年 12 月，頁 8。

二月幫詹冰整理出版《詹冰詩全集》一套三本，並將以上兩本詩集中的童詩共一百六十首合而成為《詹冰詩全集（二）兒童詩集》，此書得到二○○二年好書獎（2002 年 4 月）。詹冰的兒童詩量雖不多，但都收到了肯定。

二、詹冰的生平

詩人詹冰，本名詹益川，是跨越戰前戰後兩代的詩人。西元一九二一年七月八日出生於苗栗卓蘭。經歷日本統治時期的公學（即小學）、台中一中、日本明治藥專、藥劑師、卓蘭中學的理化老師，現已退休定居台中。台中一中時期即展露「詩心」，留學日本時期，一九四三年（二十三歲）開始寫詩投稿，從〈五月〉一詩開始嶄露頭角。信奉日本名詩人堀口大學的一句話：「詩要寫得好、熱望要寫好詩最重要。」而努力至今。

民國十年生的詹冰接受的是日本教育，因民國三十四年抗戰勝利、台灣光復，使得日文詩失去了發表的舞台，也導致詹冰這一代的文人，經歷一段十幾年的語言轉換難產期。

民國五十三年，詹冰和文友共十二位在卓蘭家中創立「笠詩刊社」，在《笠》創刊號的「笠下影」專欄中，成為首位被介紹的重要詩人。林亨泰對於詹冰在新詩的創新和貢獻給予極高的評價：「詹冰的詩之於目前吾國吾民中，猶之最高之山，猶之眾人未踏之地。」[5]

詹冰早期的詩作，受日本及法國詩人的影響，傾注知性、意象鮮明、個人風格強烈，戰後由於歷經語言的轉換而沈寂一段時日。等到克服語言困難再度復出時，其詩作風格大變，即朝向簡易、淺白的

---

[5] 見林亨泰，〈笠下影〉，《笠》創刊號，1964 年 6 月，轉引自《詹冰詩全集(二)－兒童新詩》，苗栗縣：苗栗文化局，2001 年 12 月，頁 108-109。

詩風前進。因為詩風淺易，七〇年代開始對兒童詩產生興趣[6]，並多方面經營兒童文學，不但寫詩也寫兒童劇本、歌劇、小說、兒歌，擔任講授兒童詩課程及學生詩歌朗誦、兒童詩比賽評審等。

在詹冰執筆的一甲子中，寫詩是主要的心靈活動。晚年的詹冰，過著隱逸的詩人生活，自足且與世無爭、虛心且自然踏實，並因為長期的藝文耕耘，獲得「台灣新文學貢獻獎」、「資深台灣作家獎」、「榮後台灣詩人獎」、「台灣文學家牛津獎」[7]等，苦盡甘來令詩人感到非常欣慰。

三、詹冰的兒童詩資料

詹冰已出版的童詩有三本：兒童詩集的《太陽・蝴蝶・花》、新詩童詩兒童歌劇合集的《銀髮與童心》及《詹冰詩全集㈡兒童詩集》。

單篇已發表未收進《太陽・蝴蝶・花》書中的有兩首：〈小羿的

---

[6] 詹冰曾於〈新詩與我〉中提到「……我試作兒童詩已有四、五年的時間了。到今年才有一點小成就。那就是〈遊戲〉一篇得到「洪建全兒童文學創作獎」兒童詩組頭獎。……」。〈遊戲〉一詩是在一九七九年得獎，以此句話推算，詹冰試作兒童詩大約是一九七五年左右，所以說是七〇年代。(〈新詩與我〉發表在《笠》第九十二期，1979 年 8 月，頁 30~32)

但詹冰自認為自己的兒童詩之路並不是刻意經營的結果，求知的前衛詩風到了晚年經歷改變產生了淺顯易懂的風格，兒童詩就自然而然的產生了。他的兒童詩大部分是完成之後的分類動作。例如收入在國小課本中的〈插秧〉即是 1963 年的作品，獲得「洪建全兒童文學創作獎」兒童詩組頭獎的〈遊戲〉是 1979 年的作品。因著對音樂的喜好，甚至踏足兒歌界：兒童歌〈雨〉、〈插秧〉是 1970 年的作品。在 1965 年發表的《綠血球》詩集中也有兒童詩的影子：〈插秧〉、〈天們開的時候〉、〈雨〉等，後來都收入到醞釀了六年的第一本兒童詩集《太陽、蝴蝶、花》(1981 年)。

[7] 詹冰之得獎史請見附錄二。

疑問〉及〈阿水與阿花〉[8]。

詹冰的詩量並不多，因為等待靈感及落筆謹慎的關係，《太陽‧蝴蝶‧花》是在六十一歲時結集而成。書中分為兩輯：第一輯是「生活篇」，共選入〈遊戲〉、〈插秧〉……等三十首詩。第二輯是「動物篇」，選入〈蜈蚣〉、〈山路上的螞蟻〉……等三十首詩。

《銀髮與童心》有一百首童詩：動物詩大約二十二首、旅遊詩二十五首、其餘則為生活、心情的抒發及無生物詩，特別的是有三首新嘗試的科學詩。

《銀髮與童心》之後，大約仍有將近五十首作品的創作，零零散散發表約有二十五首兒童詩[9]，目前尚未節集出書，總計發表過的兒童詩約一百八十七首。

理論方面則有：〈我的詩歷〉、〈兒童詩隨想〉、〈圖家詩與我〉、〈新詩與我〉、〈談兒童詩〉、〈我對兒童詩的看法〉、〈寫兒童詩有感〉[10]等的發表。

四、詹冰的兒童詩觀

詹冰與文友創立的《笠》詩刊在一九七一年十月第四十五期開闢「兒童詩園」之後，不但參與發表也與其他學者共同討論兒童詩的創作問題，對兒童詩盡心盡力，並發表數篇兒童詩論。由於詹冰發表之兒童詩觀經常重覆，經整理之後，研究者將詹冰之兒童詩觀分七點呈現：

(一) 有詩味、詩感的真詩

---

[8] 小羽的疑問（收入：《變》，頁 18，台中市：台中市立文化中心，1993 年 6 月）、阿水與阿花（收入：《實驗室》，頁 51，台北市：笠詩刊社，1986 年 2 月）（此兩首詩於 2003 年 7 月 18 日訪問中，經詹冰老師確認為兒童詩）。

[9] 見附錄三。

[10] 見附錄四。

在兒童詩界默默耕耘的詹冰認為：「寫兒童詩的最大意義是，要喚醒兒童的詩心，……要喚醒兒童的詩心，不用真詩不可！」[11]什麼是真詩呢？詹冰認為有詩味、有詩感的詩就是真詩！以「真詩」引發詩心，讓兒童能夠欣賞、心靈經過美化的洗禮引起共鳴，在潛移默化中淨化兒童。

(二) 兒童詩必須是詩而且是完美的詩

對於兒童詩到底是什麼？詹冰說：「兒童詩必須是詩。不然的話，一概免談。」[12]，也就是說，兒童詩一定是詩！而不是文字上的遊戲而已。這受到趙天儀教授的推崇，趙教授說：

> 我以為成人是為兒童來寫詩，而不是為兒童來寫兒童詩……詹冰為兒童寫了不少的詩，也可以稱為兒童詩。……詹冰是一位從事現代詩頗有經驗的詩人來為我們的兒童寫詩，這是所有從事兒童文學的創作者應有的誠摯的態度。[13]

趙教授認為目前我們熱心提倡兒童詩的結果，產生許多有趣的語言的遊戲，有些只是兒歌，缺乏詩的創造精神。對詹冰誠摯、認真、單純的做詩態度，應該受到推崇與尊敬。

詹冰還強調：「兒童詩不是初期階段的詩。也不是降低格調的詩。兒童詩要一篇完美的詩。兒童詩也可以打動成人的心，才算好的兒童詩。」[14]。如同日本的童話作家小川未明說：「不應該有從頭就要和兒童妥協的念頭。因為凡是真正美麗的事物，大人小孩都會有同

---

[11] 同註4，頁7。
[12] 同註4，頁7。
[13] 同註3，頁206及210。
[14] 同註4，頁8。

感的，恰如一朵美麗的花對小孩大人均是一般的美。」[15]。詹冰認為寫兒童詩也應持同樣的態度。

(三) 淺顯易懂自然隨性

詹冰在給林政華的信中提到自己作童詩的態度：「我認為『童詩』就是兒童也可以欣賞的詩。……所以我寫童詩時很少有『現在我要寫詩了』的觀念。只用比較淺易的語詞寫詩，詩就變成了童詩。」[16]。對於淺易的要求，詹冰說「我相信，詩永遠要『淺易』而使愛詩的人看懂才行。」[17]，他還解釋：「假如我寫的詩太淺易而不成詩，那能怪我學藝不精功力不夠，並非『淺易』的罪過。」[18]。因為「淺易」的自我要求，所以詹冰的兒童詩其實並不是專為兒童寫的，而是把詩完成之後，只要兒童也看得懂的，就把他歸為兒童詩。

詹冰追求淺顯易懂的詩風，更首創簡短俐落的十字詩[19]，十字詩中其實也有孩子看得懂的詩，但詩人並沒有特別分類，因此在本論文中不予討論。

(四) 正面的題材

詹冰自己曾在研究者的訪問中提到關於題材的問題：

> 對童詩而言，我贊成題材應有限制，不好的、不美的、對兒童有害的，譬如殺人、強盜等等，這些題材，實在不該放在詩中。孩子們大了，自然就懂得，……在創作過程中充滿詩心、童心、愛心，作出有詩感、有詩味、可以感動

---

[15] 同註4（吳瀛濤譯），頁9。

[16] 見《滿天星》三十六期，1995 年 6 月，轉引自《詹冰詩全集(二)－兒童新詩》，苗栗縣：苗栗文化局，2001 年 12 月，頁224。

[17] 見詹冰，〈後記〉，《實驗室》，台北市：笠詩刊社，1986 年 2 月，頁88。

[18] 同註17，頁88。

[19] 由日本十七字的傳統短詩「俳句」轉變而來，翻譯成中文大約是十個字。

人的詩，就是好作品。[20]

現在複雜多元的社會，讓兒童處處受到誘惑，不僅容易迷失在物質錯亂的社會價值觀，傳統道德也日漸式微。因此心中充滿正義感的詩人覺得不該讓孩子在文學的洗禮中，接觸到墮落與罪惡的陰暗面。孩子們需要的是溫馨感人、光明向善的正面作品。利用文字中蓬勃的生命力歌詠生命，深入孩子的內心，並喚起他們真正的快樂。

(五) 兒童詩的內涵

寫兒童詩除了態度誠摯之外，在技巧上、在內涵上，詹冰說「……兒童詩不但要音樂的、生活的、故事的，還要繪畫的、幽默的、心理的、鄉土的、戲曲的、科學的……等等。」又說「兒童詩採用童言來寫……是要被兒童們能欣賞的詩。」及「兒童詩所要求的韻律、節奏是自然而生的內在韻律、節奏。不是人工押韻。不然的話，兒童詩會變成兒童歌。」[21]

(六) 寫兒童詩的態度、愛的詩觀

詹冰堅持並主張：「兒童詩的作者要有詩心、童心、愛心。有詩心才成詩。有童心才成兒童詩。有愛心才成一首好詩。」[22]「兒童詩」除了是一種精練語言，是作者心中的感動，還要顧及兒童的心理層面，並且要有「愛」的內在。因之，具有兒童性、教育性、文學性之「兒童詩」，無形中背負了教化與社會之責任。

不過，在《太陽、蝴蝶、花》中，詹冰修正這一段話，他說：「……可是我認為現在更重要的應是「無心（虛心）」這樣才能寫出

---

[20] 2003 年 4 月 20 日研究者之訪問稿。

[21] 同註 4，頁 7-8。

[22] 同註 4，頁 7。

境界更高的兒童詩。」[23] 這和詹冰的處事態度有莫大的關係，因為與世無爭的個性，使得詹冰認為作為一個詩人，不要有「我現在要作詩了」的要求與壓力，詩人應該心中無欲、無所求，才能做出感動人的好詩。

(七) 擴大兒童詩的版圖

除了自己做詩外，詹冰還倡導大家來作詩：「……寫詩的全朋友們，請試一試寫兒童詩吧！」[24] 不但如此，詹冰也希望小朋友一起來作詩：「在詩的國度裡，沒有寫詩的課程……我們應該讓我們的後一代，早一點開始寫詩！」並且吶喊著：「我們有世界無敵的少年棒球隊……可是，我們沒有出色的兒童小詩人。」及「兒童也可以欣賞唐詩、外國名詩。我們可選比較懂的加以評介解釋給兒童們欣賞，提高他的欣賞能力。……」[25] 對於推動兒童詩，詩人竭盡心力。

五、詹冰兒童詩題材之特色

(一) 詹冰兒童詩之題材

徐守濤教授將兒童詩依內容分為：動物、植物、人、自然、生活、時令、工具等七類[26]。研究者參考此分類法並將其整理為：1、人與生活的生活詩。2、動物、植物及工具的詠物詩。3、自然、時令的寫景詩。另外詹冰有寓言詩〈牛和青蛙〉和〈龜兔賽跑〉及故事詩

---

23 原詹冰，〈作者的話〉，《太陽、蝴蝶、花》，成文出版社，1981 年 3 月，轉引自〈談兒童詩〉，《詹冰詩全集(二)—兒童新詩》，苗栗縣：苗栗文化局，2001 年 12 月，頁 11。

24 同註 4，頁 10。

25 同註 4，頁 8-9。

26 見林文寶等合著，《兒童文學》，台北市：五南圖書出版有限公司，2002 年 2 月，頁 111。

〈阿水與阿花〉無法歸為以上三類，故另外分為 4、寓言詩、故事詩。以下依此四類加以介紹：

1. 多樣生活詩

詹冰的生活詩因為敘述環境的不同又可分為：

(1) 以「親情」為主的家庭生活：

兒童的生活環境裡出現最多的就是親人的畫面，尤其詹冰從小身受家人喜愛，加上長大成人之後，娶得美又賢慧的詹夫人。所以懷親念舊、愛意蘊藏的詹冰，對家庭生活多所著墨，「愛的詩觀」處處可見。

在這些詩中，我們還可以分幾個角度來說明：

a. 以自己出發，抒發對親人的懷念：

例如對母親深深懷念的〈天門開的時候〉、〈媽媽拼命打我〉等。對奶奶的〈奶奶與我〉、〈拜神〉等。也有手足之情的描述：〈有一天的日記〉是悼念早逝的二妹春玉，還有〈哥哥〉、〈新娘〉、〈吃水果〉等。

b. 以第一人稱的角色變換：

詹冰擅長在詩中玩角色變換的遊戲。研究者發現，雖然詹冰寫了多首動物詩，但是，幾乎是站在旁觀者的角度，很少以第一人稱的擬人手法書寫。在親人詩中，詹冰卻常藉著將自己轉換成兒子或孫子的角度來間接抒寫自己的生活、個性或是情感。這其中，以爺孫為主角的有〈爺爺的枕頭〉、〈爺爺打我〉和〈爺爺的白鬍子〉等。以父子為主角的有〈賞鳥〉、〈早晨的散步〉等。

c. 旁觀角度：

〈遊戲〉裡頭的幽默對話獲得洪建全兒童文學獎兒童詩組首獎。以孫子小羽為主要主角的詩作，如〈小羽的電話〉、〈小羽的好消息〉等都是。

(2) 以「幻想」為主的情趣生活：

幻想、好奇是孩子們生活的中心。例如天花亂墜的〈奇妙的

夢〉，夢想〈登陸月球〉、〈假如我是魔術師〉都是詩人思想上無邊無際的漫遊痕跡。

(3)以「說理」為主的自省生活：

　　詹冰不著痕跡的在詩中說理引人自省，例如〈紅蜻蜓〉與〈我殺死了蝴蝶〉等，藉著主角的不忍，讓讀者省思動物也該被尊重。對社會現象的批判，如〈你丟我撿〉、〈阿花的臉〉等。也有自我肯定、期許的〈我〉、〈我的日記簿〉。提醒大家雙親逐漸年邁，孝順得趁早的〈漂白〉。

(4)以「知性」為主的學校生活：

　　詹冰雖是學校老師，學校生活卻只表現五首詩作。有屬於科學詩的創新詩作：〈空氣的實驗〉、〈化石〉、〈酸鹼中和實驗〉。也有對老師愛意的描述：〈老師的手〉、〈老師生氣了〉等，詩中童趣橫生。

(5)以「童心」為主的旅遊生活：

　　詹冰的旅遊詩多達二十五首，且其中有情有理，怕拆開討論會失去完整面貌，故將旅遊詩篇獨立成一點討論。這些旅遊詩可分為：

　　a. 直接敘事說物寫景：

　　有特殊景致的讚嘆，如〈金字塔〉、〈神的故鄉〉、〈巴黎印象〉等。行程的描述則有：〈火車坐大船〉、〈不怕人的鴿子〉等。述說故事的〈化石的少年〉及〈尿尿小銅人〉等。

　　b. 抒發心情反應心境：

　　旅遊中不僅滿足視覺的新奇感，心情也像坐雲霄飛車般的高低起伏。有驚異奇航的〈第一次坐飛機〉、〈夜間飛行〉等。充滿憐憫的〈美人魚彫像〉等。

　　c. 感性詠物詩

　　詹冰的詠物詩中以動物詩佔大多數，植物及無生物詩數量較少。

(1)動物詩：

　　a. 直接敘述美化特徵：

描述外型特徵的〈小黑羊〉、〈蜘蛛〉等。雙眼閃耀著詩素的〈水牛〉、寓含知識的〈龍宮翁戎螺〉等。

b. 與人交流愛的互動：

如〈小白兔〉、〈小狗與我〉及〈大象〉等。

c. 發揮想像擬人比喻：

以擬人為主的有〈蜈蚣〉、〈烏龜〉等。以比喻為主的有〈北京狗〉和〈蝴蝶〉等。以想像為主的有〈蝸牛〉、〈花鹿〉等。

d. 憐憫之心自然流露：

孩子未經世事的心，對動物常常充滿同情，如〈小麻雀〉、〈動物的病〉、要找媽媽的〈小貓〉和〈小白兔〉一起哭紅眼睛等。

(2) 植物詩

有直接描述外型而引發詩心的〈蘭花〉、〈玫瑰花〉等。比喻擬人化的〈榕樹〉、〈香蕉〉等。想像力的〈發芽〉、〈椰子樹〉等。

(3) 無生物詩

抽象的〈美麗的心〉、〈地上〉等。視覺愉快的〈垃圾車〉。想像力豐富的〈溫度計〉、充滿同情的〈畫中的少女〉等。

3. 深情寫景詩

寫景詩的數量也不多，有直接寫景知性計算並含有圖象意念的〈插秧〉、〈雨〉等。充滿大自然音樂會的〈雨點〉、〈彩虹〉等。還有充滿童趣幻想的〈太陽〉、〈曉天〉等。〈連日大雨〉則流露著將心比心的憐憫。

4. 寓言詩、故事詩

故事詩是詹冰詩作中數量最少的，完整敘述故事的計有寓言詩〈牛和青蛙〉、〈龜兔賽跑〉兩首及故事詩〈阿水與阿花〉，這當中〈阿水與阿花〉將兩小無猜的生活從小敘述到老，天真可愛且趣味橫生，人生至情溢於言表。

(二) 詹冰兒童詩表現手法

研究者參考林武憲分析林鍾隆的童詩方式 [27]，也將詹冰兒童詩的表現方式以下列分類項目分別以詩對照：

1. 白描法：

直接描述事物特徵不加誇大之文字，例如：〈龍宮翁戎螺〉、〈大豬公〉、爺爺及旅遊系列大部分是白描的手法。

> **大豬公**
> 大豬公大豬公
> 體重超過半公噸
> 每天要吃十幾斤
> 飽後洗臉用毛巾
> 白天有電扇
> 夜間有蚊帳
> 享受了一生
> 最後，做了拜拜的三牲

2. 擬人法：

如〈動物的病〉、〈時鐘〉、〈小狗與我〉、〈閃電〉等都是。

> **閃電**
> 誰在黑板上

---

[27] 見林武憲，〈林鍾隆童詩探討〉，《林鍾隆先生作品討論會論文集》，台北市：中華民國兒童文學學會，2001 年 10 月，頁 37-46。

寫ㄅㄆㄇ

黑暗裡
誰拿手電筒找東西？

美麗的閃光熄滅了
又誰在大叫大喊發脾氣？

詹冰將閃電打雷比擬成黑板的字、手電筒及發脾氣的人，充滿想像力且意象突顯、逼真有趣。

3. 比喻法：

如〈蜘蛛〉、〈白雲〉、〈香蕉〉等

香蕉
媽媽買回來一串香蕉
大家圍著笑兮兮

哥哥說
香蕉好像黃手套

姊姊說
香蕉好像金手指

弟弟拿一根香蕉說
香蕉好像可愛的小船

妹妹吃著香蕉說
好香啊，好像沾著媽媽的香水

我在想
我們兄弟姊妹是同一串香蕉

作者巧妙利用香蕉的明喻與暗喻，傳遞家人之間的情感。

4. 對話法：

如〈牛和青蛙〉、〈皺紋〉、〈遊戲〉、〈蜈蚣〉、小羽系列等。

遊戲
「小弟弟，我們來玩遊戲。
姐姐當老師，
你當學生。」

「姊姊，那麼，小妹妹呢？」

「小妹妹太小了，
她什麼也不會做。
我看──
讓她當校長算了。」

這首得獎詩備受討論，因著詩中直率純真的童趣，淺顯簡單的用字，連大人都被牽動而會心一笑。另一首〈蜈蚣〉也有異曲同工之妙。

5. 層遞法：

如〈水牛〉、〈你丟我撿〉、〈插秧〉等。

插秧

水田是鏡子
照映著藍天
照映著白雲
照映著青山
照映著綠樹

農夫在插秧
插在綠樹上
插在青山上
插在白雲上
插在藍天上

七十八年被收入國小國語課本第三冊中的〈插秧〉，因其意境優美、詩情迷人、詩形講究、充滿藝術美感，也常被提及。詩人在兩段詩中彷彿放了一面鏡子，形成倒映的情趣，正是「詩中有畫，畫中有詩」。

6. 想像法：

如〈維納斯〉、〈曉天〉、及圖象詩系列等。

〈雨〉圖象詩

雨
雨雨
雨雨雨
雨雨雨雨
星星們流的淚珠麼。

雨
雨雨
雨雨雨
雨雨雨雨
花兒們沒有帶雨傘。

雨
雨雨
雨雨雨
雨雨雨雨
我的詩心也淋溼

雨本身的文字，就是雨的化身。一整行的雨，彷彿是一長串的雨絲從空而降，作者巧妙的從外型、從排列中，刺激著閱讀者的視覺，讓整個畫面散發著詩趣。雨絲中間的三句話，則意象鮮明、充滿感情。

7. 對比法：

數量較少，如〈蛇〉、〈老虎〉等。

老虎
我喜歡玩具店的老虎
不喜歡動物園的老虎

我喜歡看老虎的繪畫
不喜歡看老虎的毛皮

奶奶喜歡講〈虎姑婆〉的故事
我不喜歡聽那個可憐的故事

8. 疑問法：

如〈小白兔〉、〈金字塔〉、〈連日大雨〉等。

連日大雨
雨，趕快停下來吧

粒粒皆辛苦
但是，粒粒稻穀都
發出了綠色的芽
生出了白色的根

雨，趕快停下來就好了

搶割的農夫臉上
流下的是雨水嗎？
流下的是汗水嗎？
流下的是淚水嗎？

雨，趕快停下來吧！

詩人的悲憫之情，表現在最後三個沒有答案的問號。

9. 繪聲法：

如〈小麻雀〉、〈蟬〉等。

蟬

唧唧唧唧
每隻蟬都　唧唧唧唧
唧唧唧唧
每棵樹都　唧唧唧唧
唧唧唧唧
整座山都　唧唧唧唧
唧唧唧唧
全耳鼓都　唧唧唧唧

這首詩不但是繪聲法也是層遞法，利用中國字型獨特的視覺效果，讓整個蟬叫聲跳脫平面紙張，由眼睛傳導至閱讀者的五官及周圍的空間。

10. 自述法：

以自己為描述對象在詹冰的詩中數量很少，例：〈奇妙的夢〉、〈我沒有哭〉等。

我沒有哭
爸爸去上班，
媽媽也去上班，
哥哥去上學，
姊姊也去上學，
我和爺爺、奶奶一起玩。
我沒有哭。
媽媽回來說：「小宗，好乖、好棒哦！」
一家人都笑咪咪的看著我──。

(三) 詹冰兒童詩的特色

詹冰的兒童詩深具詩素、勇敢創新、借詩說理、深入兒童也散發愛意。研究者檢視詹冰的兒童詩集，整理出下列特色：

1. 用詞淺顯、詩意盎然

如前述詹冰的兒童詩觀中，詹冰強調自己追尋淺顯且感人的用字遣詞，除了詩人自己的理想之外，這也許和「跨越語言的一代」無法流利掌握中文有關。

例如：〈蝸牛〉──「蝸牛會寫詩／寫在樹幹上／寫在綠葉上／寫在花朵上蝸牛寫的詩會發亮／在陽光之下／在月光之下」

這首詩中沒有用到繁複、華麗的誇飾句子，用著簡單的字句讓蝸牛平日常見的爬行在詹冰的想像中昇華成詩人，「蝸牛寫的詩會發亮／在陽光之下／在月光之下」則讓此詩詩意盎然。詹冰用字乾淨單純，卻能透過簡單的文字表達美麗意象與神采。

2. 融入兒童、表現童心

　　詹冰一向秉持「童心」、「詩心」、「愛心」，所以作品多充滿奇妙想像和感人情趣的作品。詩中角色多變、饒富趣味、幽默天真、想像力豐富。例如常見的〈遊戲〉、〈蜈蚣〉、或著是〈海馬〉——「海馬是／一條頑皮的小龍／所以時常被罰站／海藻裡」。短短四句詩就把海馬單調的生理行為，生動傳神地轉換成有趣的擬人動作。其他諸如戲劇性、遊戲性、驚奇、對話、動物、詼諧、動作、詩意、想像等等都是詹冰兒童詩中常見的元素。

3. 生活成詩、觀察入微

　　想像力豐富的作家，能體會生活的情趣、欣賞世界、提昇審美觀、轉化與融合兒童生活經驗及增加兒童的生活情趣。

　　詹冰秉持「生活既是詩」的創作理念，強調用詩來寫生活，並覺得那才是真正的生活詩。詩人藉詩呈現對週遭事物的敏感專注和觀察細微，並適時抒發情感。例如與加拿大孫子之間的對話亦能成詩：〈小羽的電話〉——「喂，你是我爺爺嗎？」／「你是誰？」／「我是小羽——。」／「哦，你是我的乖孫小羽——。」／「爺爺，新年恭喜，新年快樂！」／「恭喜恭喜，你今年幾歲了？」／「六歲了，爺爺呢？」／「爺爺今年六十八歲了。」／「哇！」／「小羽，爺爺活到一百歲好不好？」／「不好！」／「為什麼？」／「爺爺要活到一萬歲！」

4. 實驗精神、詩象多樣

　　詹冰追求多變且變得更美更好的詩法，亦如他對自我生命的態度，加上詹冰的理學背景，使之做起詩來有著異於他人的實驗色彩和計算的樂趣，並以活潑多變的內涵及外在形式吸引孩子。

　　在台灣詩壇中，詹冰可說是最早嘗試具象詩的人。詹冰在生活意象的捕捉上尤其傑出，例：〈插秧〉（1962）、〈水牛圖〉

（1966）、〈雨〉（1945）、〈山路上的螞蟻〉（1975）等是他較為滿意的圖象詩，也是台灣圖象詩的範例。科學詩則有〈空氣的實驗〉、〈化石〉、〈酸鹼中和實驗〉等，因著老師深厚紮實的理學的背景，不管是生硬的物理化學名詞或是冰冷的實驗器材和實驗過程，都藉著老師的詩筆，化為有趣的詩句，無形中也啟迪了科學知識。首創的十字詩則是詩人晚年傾力之作，簡單易懂、詩意無窮。

5. 以詩說理、不著痕跡

兒童時期的詩教確有其重要性，成功的作品，不用直接說教而是以語言內涵及技巧感動閱讀者，利用充滿趣味、快樂的文字使兒童接近、喜好文學，達到潛移默化之效。例如〈紅蜻蜓〉——「我伸出手指／悄悄的走近去——／白色的花朵上／有一隻紅蜻蜓／……突然，我想起／這一隻蜻蜓／還會吃幾千隻的蚊子——／我的手指，就放鬆了。…」

動物是小朋友最感興趣的，詹冰不直接告訴孩子要愛護小動物，而是以詩中主角的心理變化引起小讀者的同理心與反思行為，不但教人也感動人。最後紅蜻蜓因脫困在詩人筆下成為一架紅色小飛機快樂飛去，詩中意象的營造、意境的轉變，令人不自覺因珍惜紅蜻蜓的重獲自由而反思自己的行為。

6. 以愛補足「真、善、美」

詹冰曾說詩人的類型有三種，一為思想型（哲學型）、二為抒情型（音樂型）、三為感覺型（美術型），並自認自己屬於最後一種類型[28]，所以在老師的詩作中處處可見細膩、優美、充滿真情、真善、真美、真愛的詩句。例如〈有一天的日記〉——「妹妹上了天堂／現在我才理會／也有少女之神／『藍天上有金魚在游泳——』／這

---

[28] 見莊金國，〈莊金國訪詹冰〉，《笠》129 期，1985 年 10 月，轉引自，《詹冰詩全集(三)—研究資料彙編》，苗栗：苗栗文化局，2001 年 12 月，頁 50。

樣說著說著永眠的妹妹呀／你是個小詩人／晚霞的天空上／我偷偷地找過——／有沒有金魚掛在蜘蛛網上／相思樹梢上的／小星星呀／你是不是我的妹妹？」這是一九四三年的作品，詹冰將失去妹妹的痛苦與想念化為詩句，利用疑問法間接表達隱藏在詩人心中的真情真愛。同年的另一作品〈天門開的時候〉——「……／有一天，天門開了，／我要馬上說出我的願望：／『還給我永別的母親吧！』」。詩中媽媽叮囑孩子、孩子追思母親的愛，也讓人心疼與不捨。

　　林政華曾說：「詹先生「愛的詩觀」是自始至中沒變的，可以說是他的所有少兒詩的主題，就是這充滿真愛純情的內涵。而且「愛」要與真、善、美三者並列！」[29]

六、結語

　　趙天儀教授在〈兒童詩的回顧與展望〉裡頭[30]，曾將台灣的兒童詩發展分為四個時期[31]來回顧與考察。而在這四個時期中趙教授都提到了詹冰的貢獻。例如：㈠接觸時期提及：「……在這個時期，戰後台灣第一代詩人開始創作，也就是說所謂跨越語言的一代詩人已經出發了。在這個時期的詩人群中，都扮演了雙聲帶的角色；吳瀛濤、周伯陽、詹冰、林亨泰、張彥勳等後來都留下了適合兒童欣賞的詩作，至今還筆耕不輟，其中以周伯陽的兒歌、童謠，詹冰、張彥勳的兒童詩最具特色。」[32]。㈡播種時期中，詹冰因著在《笠》的發表也有所貢獻。《笠》雖在民國六十年十月第四十五期才開闢「兒童詩

---

[29] 同註 16，頁 223。

[30] 見 趙天儀，《兒童詩初探》，台北市：富春文化事業股份有限公司，1992 年 10 月，頁 15-42。

[31] 同註 30，頁 19-37。此四時期為：㈠接觸時期，民國三十四年至三十七年㈡播種時期，民國三十八年至五十九年㈢成長時期，民國六十年至六十五年㈣覺醒時期，民國六十六年以後至今。

[32] 同註 30，頁 20。

園」，但在之前發表的作品已有不少。因為也適合兒童欣賞，所以詹冰在《笠》詩刊的發表亦被提及，甚至新詩集《綠血球》（1965年）也在值得注意的詩集之列。㈢成長時期，始自《笠》在民國六十年十月第四十五期開闢的「兒童詩園」，詹冰不但參與了兒童詩的討論，也陸續發表不少作品。㈣覺醒時期的詹冰在六十八年一月以〈遊戲〉得到洪建全兒童文學獎首獎，民國七十年出版了他第一本兒童詩集《太陽、蝴蝶、花》，並以此書得到兒童文學一百的好書之列。

綜觀兒童詩壇的歷史，詹冰從不缺席並以謙虛的姿態默默耕耘，這的確符合他「虛心」的精神，令人敬佩。同時詩人因著現代詩長時期的磨練，知性精確計算著心象的鮮度、語言的重量、詩感的濃度、造型的效率以及秩序的完美；詩的意象、美感、音樂性、內心世界的追尋與描述，讓詹冰不自覺的在內在世界塑造詩感，且形而外的訴諸文字。另外，淡泊名利的詹冰對於自己的創作量曾說：「……詩作實在太少，原因是沒有感動，我是不願提筆的。」[33]詩人不願成為筆奴，堅持「淺易」、「創新」、「童趣」、「詩心」、「愛心」的完美詩作，量雖不多，兒童詩的質卻可觀且受到肯定。

杜榮琛也曾說：「兒童詩之所以會有今日之發展，一方面是由於部份教師作家的大力推行，另一方面是兒童文學家以及許多詩人積極的參加和倡導。日據時代的詩人詹冰先生，本名詹益川，就是一位童詩有力的耕耘者。」[34]詹冰雖由新詩出發，其對兒童詩不遺餘力的奉獻，使人敬重。

八十三歲的詹冰不服老，隱逸型的詩人生活態度無欲知足，在這些詩作中，我們見到的不只是一味學習科學知識、精準、知性的表現，更是一種溫柔敦厚的生命態度。詹冰在創作了一甲子之後，仍勉勵自己不斷吸收新知。首創了圖象詩、科學詩、十字詩還不夠，現在

---

[33] 同註 17，頁 88。

[34] 見杜榮琛，〈國語日報兒童文學〉，1981 年 10 月 25 日，轉引自《詹冰詩全集
㈡—兒童新詩》，頁 201。

的他正朝著創作宇宙詩前進！誠如他老人家為慶祝八十三歲的詩作中所提：「我的銀髮生活是看開一切、知足、感恩。／我希望每天生活中有美、有愛、有詩。／我最大的願望是，終生寫詩達到詩仙境界！」[35]

　　他老人家宛如詩界的國寶，並把寫詩當作自己的生理作用之一，是心靈及感覺的舒展，他的詩散發著誠實、高雅、善良、美感、大愛的光芒。

參考書目

一、詹冰出版書目

詹冰　第一詩集　《綠血球》　台北市：笠詩社 1965.10

詹冰　兒童詩集　《太陽‧蝴蝶‧花》　成文出版社 1981.3

詹冰　第二詩集　《實驗室》　台北市：笠詩社 1986.2

詹冰　《變》（詩‧散文‧小說）　台中市：台中市立文化中心 1993.6

詹冰　《詹冰詩選集》　台北市：笠詩刊社 1993.6

詹冰　《銀髮與童心》（新詩童詩兒童歌劇合集）　台中市：台中市立文化中心 1998.5

詹冰　《科學少年》　台中市：台中市立文化中心 1999.6

詹冰著　莫渝編　《詹冰詩全集㈠—新詩》　苗栗縣：苗栗文化局 2001.12

詹冰著　莫渝編　《詹冰詩全集㈡—兒童詩集》　苗栗縣：苗栗文化局 2001.12

二、研究詹冰相關專書

莫渝編　《認識詹冰、羅浪》　苗栗：苗栗縣立文化中心 1993.6

---

[35] 見詹冰，〈我八十三歲了！〉，2003 年元旦完稿，《笠》二三四期，2003 年 4 月。

黃鳳嬌等編 《苗栗縣籍作家芬芳錄》 苗栗：苗栗縣立文化中心編 1994.1

莫渝編 《詹冰詩全集㈢－研究資料彙編》 苗栗：苗栗文化局 2001.12

財團法人鄭順娘文教公益基金會 《第二屆綠川個人史文學獎入選作品集》台中市：財團法人鄭順娘文教公益基金會 2001.5

《榮後台灣詩人獎──詹冰的文學旅途》 財團法人榮後文化基金會 2001 1

三、其他參考書目

林文寶、徐守濤、陳正治、蔡尚志合著 《兒童文學》 台北市：五南圖書出版有限公司 2002.2

林文寶 《兒童詩歌研究》 台東：詮民國際股份有限公司 1995.2

林文寶 《兒童詩歌論集》 台北市：富春文化事業股份有限公司 1995.11

林文寶 《楊喚與兒童文學》 台北市：萬卷樓 1996.7

林文寶／林政華合編 《兒語三百則與理論研究》 台北市：知音出版社 1989.5

林政華編 《兒童少年文學》 台北市：富春文化事業股份有限公司 1991.1

林守為編 《兒童文學》 台北市：五南圖書出版有限公司 2001.3

林文寶／林政華合編 《古典兒童詩歌精讀賞讀》 台北市：富春文化事業股份有限公司 1997.6

林文寶主編 《台灣（1945-1998）兒童文學 100》 台北市：行政院文化建設委員會 2003.3

傅林統 《兒童文學的思想與技巧》 台北：富春文化事業股份有限公司 1998.12

陳政治 《中國兒歌研究》 台北市：親親化事業股份有限公司 1989.10

陳政治 《有趣的中國文字》 台北市：國語日報社 2002.12
徐守濤等著／許建崑主編 《林鍾隆先生作品討論會論文集》 台北
　　市：富春文化事業份有限公司 2001.10
趙天儀 《台灣現代詩鑑賞》 台中市：台中市立文化中心 1998.5
趙天儀 《兒童詩初探》 台北市：富春文化事業股份有限公司
　　1992.10
洪志明 《童詩萬花筒》 台北市：幼獅出版社 2000
呂嘉紋 《童詩嘉年華》 台北市：小魯文化事業有限公司 2001.9
洪中周編 《兒童的笑臉》 台中市：渡野出版社 1884.2
洪中周／文、黃雙春／詩 《和詩牽著手》 自行出版 1987.3
吳政上、陳鴻森 《笠詩社三十年總目》 笠詩社刊 1995

四、參考論文

阮美惠 《笠詩社跨越語言一代詩人研究》 東海大學中文研究所
　　1997

【附錄】

附錄一：詹冰「兒童詩」文學活動年表

西元	民國	歲數	「兒童詩」文學活動	備註
1921	10	0	七月八日，生於苗栗縣卓蘭鎮	
1963	52	43	三月，詩〈插秧〉發表在新生報副刊	
1967	56	47	四月，郭芝苑作曲（詹冰詩三首發表）	
1970	59	50	十一月，兒童歌〈雨〉、〈插秧〉由臺視播出。（郭芝苑作曲）	
1976	65	56	二月，兒童詩二首選入《兒童詩歌佳作選》	獎
			二月，〈兒童詩隨想〉發表在《笠》第七十一期	
1979	68	59	一月，兒童詩〈遊戲〉獲得洪建全兒童文學獎首獎	獎
			八月，兒童詩〈奶奶與我〉獲得月光光獎	獎
1980	69	60	五月，擔任臺中文化中心講授「兒童詩作法與欣賞」	
			七月，擔任苗栗文藝營講授「現代詩作法與欣賞」	
1981	70	61	三月，兒童詩集《太陽·蝴蝶·花》出版（成文出版社）	童詩集
			五月，擔任苗栗縣學生詩歌朗誦比賽評判（竹南）	
1983	72	63	四月，擔任臺中市兒童詩評審委員	
1984	73	64	九月，兒童詩「歐洲旅遊（二十五首）」脫稿	
1985	74	65	八月，擔任臺中光復國小講授「兒童詩、兒童歌的作法與欣賞」	

1986	75	66	二月，出版第三詩集《實驗室》（笠詩社）	出版
1991	80	71	六月，評審台中縣國小童詩（台中縣文化中心）	
1993	82	73	六月，出版《變》（詩・散文・小說）（台中市立文化中心）	出版
1994	83	74	八月，獲得冰心兒童圖書新作獎	獎
1998	87	78	五月，出版《銀髮與童心》（新詩童詩兒童歌劇合集）（台中文化中心）	出版
1999	88	79	十二月，《太陽・蝴蝶・花》入選「台灣兒童文學一百」	獎
2001	90	81	十二月，出版《詹冰詩全集－兒童詩集》（苗栗文化局）	出版
2003	92	83	四月，《詹冰詩全集－第二冊》獲得 2002 年好書獎。	獎

附錄二：詹冰得獎紀錄

㈠單篇：

1、民國六十五年 五十六歲 二月，兒童詩二首選入（兒童詩歌佳作選）（因年代久遠已不知為哪兩首）

2、民國六十八年 五十九歲 一月，兒童詩〈遊戲〉獲得洪建全兒童文學獎首獎
　　八月，兒童詩〈奶奶與我〉獲得月光光獎

3、民國八十三年 七十四歲 八月，獲得冰心兒童圖書新作獎

㈡書籍：

1、民國八十八年 七十九歲・十二月，《太陽・蝴蝶・花》入選「台灣兒童文學一百」。

2、民國九十二年 八十三歲・四月，《詹冰詩全集－第二冊》獲得 2002 年好書獎。

㈢其他方面：

1、民國七十年　六十一歲　・五月，獲得「苗栗縣傑出藝文工作者獎」。

2、民國七十九年 七十歲　・五月，獲得「台中市資深優秀文藝作家」

3、民國八十三年 七十四歲・八月，獲得「台灣新文學貢獻獎」。

4、民國八十九年 八十歲　・四月，獲得「大墩文學貢獻獎」。
　　　　　　　　　　　　・八月，獲得「資深台灣作家獎」

5、民國九十年　　八十一歲・一月，獲得「榮後台灣詩人獎」。
　　　　　　　　　　　　・五月，獲得「綠川個人文學史獎」。

6、民國九十二年 八十三歲・十一月，獲得「台灣文學家牛津獎」

附錄三：《銀髮與童心》（1998.05）之後，單篇已發表未收進書中
　　　　之兒童詩

25首

編號	詩名	發表處	日期
1	五色鳥	《大墩文化》18 期	1998/12/26
2	加拿大的乖孫（六則）	《笠》詩刊 199 期 頁 4－5	1997/6
3	加拿大的乖孫（六則）	《笠》詩刊 215 期 頁 41－44	2000/2
4	童言無忌（二則）	《世界日報》	2000/6/2
5	自然一景：烏龜	《笠》詩刊 219 期 頁 9	2000/10
6	童心童言（二則）	《笠》詩刊 220 期 頁 37－38	2000/12
7	愛心童顏（二則）	《笠》詩刊 220 期 頁 38－39	2000/12
8	童顏稚語：落日	《笠》詩刊 220 期 頁 38	2000/12

9	磁鐵	《笠》詩刊 222 期 頁 4	2001/4
10	坐飛機	《笠》詩刊 222 期 頁 4	2001/4
11	變	日本詩誌《回聲》21 號 《笠》詩刊 222 期 頁 4	2001/4
12	弟弟的話	《笠》詩刊 230 期 頁 43	2002/8

附錄四：兒童詩理論

㈠〈我的詩歷〉發表在《笠》第二期。15~19 頁（1964.8）

㈡〈兒童詩隨想〉發表在《笠》第七十一期。40~42 頁（1976.2）

㈢〈圖家詩與我〉發表在《笠》第八十七期。58~62 頁（1978.10）

㈣〈新詩與我〉發表在《笠》第九十二期。30~32 頁（1979.8）

㈤〈談兒童詩〉發表在《太陽・蝴蝶・花》（1981.9）

㈥〈我對兒童詩的看法〉合著《笠》第一百二十三期。47~60 頁（1984.10）

㈦〈寫兒童詩有感〉《笠》第一百二十三期。47~49 頁（1984.10）

童詩起鼓者
——陳千武

洪志明

摘　要

由於某些熱心人士的投入、推動，民國六十年代，童詩是一門非常耀眼的顯學，幾乎搶佔了兒童文學所有文類的風采。而，陳千武先生便是這些為童詩起鼓的人，其中頗為重要的一人。

從民國六十二年開始，陳千武先生投入了台中市兒童天地月刊的童詩編選指導工作，一直到現在已經三十年左右了。在這漫長的歲月中，陳先生以一個非教育體系的人士，推動了許多兒童詩的教育工作，其貢獻十分卓著。

他評選台中市兒童天地月刊的童詩，大約二十年左右；任職於台中市文化中心時，一連舉辦了十屆的「兒童詩畫徵獎」；同時也為台灣日報編選「兒童天地」版，一共兩年；在他從公職退休以後，還籌組了「台灣省兒童文學協會」；陸陸續續的他也籌畫、舉辦了將近十次的兒童文學研習；此外，還引進日本、韓國的兒童詩，並將國內成人、兒童的作品推薦到國外。

在推動童詩工作的同時，陳先生也將自己的理念寫成理論性的文字，於報章雜誌上發表，讓有意從事童詩創作、教學工作的人，有依循、參考的方針。

凡此種種，可以見識到陳先生對童詩教育工作的熱誠以及投入，國內兒童詩的發展，也因為陳先生的投入，而光彩奪目，彷彿擊出一記有力的鼓槌一樣，陳先生可以說是為台灣起鼓的數人之一。

一、緣起

一九七十年代，在文學圈有一件值得大書特書的事，那就是兒童文學的興起。其中，兒童詩則是引導兒童文學前進的先鋒，成為當時的顯學。

一九七九年《布穀鳥兒童詩學季刊》創刊以後，自願加入出錢出力的同仁共有二、三百人的陣容，絕非一般同仁詩刊可以比擬的。

然而，童詩之所以會有這般壯闊的波濤，都是由當時曾經參與的人，每人貢獻一點力量，推波助瀾而成的。

其中洪健全基金會於一九七四年舉辦兒童文學獎，童詩項目錄取首獎兩名、佳作獎多名，並且編印成書，使從事童詩創作的成人獲得鼓勵；也使有志從事童詩創作的人，因有各家不同創作風格的作品觀摩學習，因而造成成人童詩寫作的風潮。

黃基博先生的領先指導兒童寫詩，並創先在一九七五年由將軍出版社編印成《兒童詩畫選》一書。後來大批小學教師群起效尤，投入兒童詩教學指導工作，成為兒童詩創作指導的基礎大眾，其功不可沒。

林鍾隆先生開辦童詩寫作函授班，讓有志童詩創作的學員，能獲得名家指導，也值得一書。另外，他還招募同仁，主辦出版月光光兒童詩刊，讓指導老師所指導的學生作品，有大量發表的地方，以致於學生產生成就感，產生願意寫作的心願，確實發揮極大的貢獻。

林煥彰先生於一九八〇年開辦《布穀鳥兒童詩學季刊》，招募同仁，出版詩刊一共十五期，當時參與的同仁多達兩百餘人，投入者可以說達到了高峰，影響成面自然不在話下。

教育廳以至各縣市教育局，眼見民間推動的童詩運動，蓬勃發展，對於生動活潑兒童的教育有極大的貢獻，因而也跟著推展起童詩活動，定期或不定期的舉辦各種研習活動，讓學校的老師能參與，激發老師指導學習的意願。指導學童創作童詩的活動，也因此從教師自

發性的行為，走向體制力量的參與。

在這期間，陳千武先生以一位非教育工作者的立場，藉台中市文化中心為基地，從一九七六年起至一九八七年退休止，年年舉辦「台中市兒童詩畫」競賽，引導台中市小學教育工作者投入指導兒童寫作童詩，又於一九八五年起，數度策劃執行「兒童文學營」，進行成人的兒童文學教育。同時也編輯數冊兒童詩集、成立兒童文學團體，甚至主導國外兒童詩的交流，擴大台灣兒童詩指導者、閱讀者以及創作者的眼界，對兒童詩有諸多貢獻，更不容我們忽視。

陳先生除了從事兒童詩的推展工作，對兒童詩創作以及兒童詩理論也有滲入研究。他主張教師在指導兒童創作童詩時，應該盡量少干涉，他說「指導學生創作童詩，不是在教孩子寫作。而是應該要把孩子的想法、感情、本身思考的東西抽出來。成人千萬不可教他們怎麼思考，也不可以用成人既有的理性觀念，來強迫孩子感受，只有這樣，孩子才能有不一樣的想法，寫出來的東西才會有生命力。」（《兒童文學工作者訪問稿》61頁）

他建議成人為孩子寫作時，應該回復孩子的思考，他說：「孩子有孩子的原始思考，成人有成人的原始思考，我們應該尊重他們（孩子）的原始思考，回復他們的想法，以他們的思考方式來寫作，這樣才能真正的為孩子抒發心聲。」（《兒童文學工作者訪問稿》57-58 頁）他認為「恢復到兒童思考的立場去感覺，才能寫出兒童真正愛看的童詩。」（《童詩的樂趣》112頁）

他的兒童詩觀，乃是建立在以兒童為本位的基礎上的兒童詩觀。以笠詩刊為班底，以「前文化中心」為基地，陳千武先生所做的貢獻，確實不容小覷。

二、陳先生與「兒童天地」的詩評介

依據陳先生的兒童文學活動年表，他最先從事的兒童文學工作，是在一九六九年九月為台北田園出版社翻譯的兩本兒童讀物《杜

先生到非洲》、《星星的王子》。而後在一九七〇年開始執編青少年
雜誌月刊《中堅》，從四十九期起，至五十四期止。（《兒童文學工
作者訪問稿》61 頁）

　　不過，單單就投入兒童詩的工作，應該是開始於在一九七三
年。當年陳先生受邀為台中市的《兒童天地》編選童詩。《兒童天
地》是一本中市兒童共有的文學雜誌，創刊於一九六二年二月，至今
已經超越四十年了。

　　一九七三年，陳先生首度閱讀到該雜誌上刊登的童詩時，覺得
「都不是詩，是一種口號，不然就是散文的分行，較好一點的是舊詩
詞的翻版──覺得應該想辦法改進。」（《兒童文學工作者訪問稿》
61 頁）

　　獲得了這樣的批評，當時的主編黃如荃便請他代為審核《兒童
天地》中「兒童詩園」的稿件。此後一直到一九九四年三月陳先生總
共為《兒童天地》雜誌編選了二十多年的兒童詩。陳先生在編選兒童
詩的同時，都會在刊出來的童詩後面，附加賞析的短文。讓閱讀的兒
童能更深一層的體會童詩的味道，甚至於瞭解如何寫詩的要訣。以下
舉出兩例：

　　　　我的體重　　　　　　　　松竹國小一年丙班　洪偉

　　　　有一次
　　　　媽媽問我
　　　　你有沒有量體重
　　　　我說爸爸用手抱一抱
　　　　就知道了
　　　　不必量

　　賞析：童心的表現本身就具有濃厚的詩味，寫童詩應多發現這
　　　　　種原始的詩味，捕捉童趣而表現才對。

太陽追月亮　　　中華國小二年一班 陳乃銘

太陽向月亮求婚，
月亮說你追到我，
我就嫁給你。
太陽沒辦法，
只好天天跟在月亮後面，
跟得臉紅咚咚的。

賞析：以求婚追求愛的比喻，寫太陽和月亮的情況表現得很有
　　　趣。（《童詩的樂趣》178-179頁）

透過第一首詩的賞析，讀者可以體會「童心」以及「兒童原始的想法」是如何具有詩味；而第二首詩明顯的讓讀者瞭解「比喻」和「趣味」在童詩的重要性。

透過童詩的編選，陳先生邁開了他第一步的兒童詩教育工作，也開始了他第一步的兒童詩推展工作。二十多年來，他在《兒童天地》以及編選賞析了將近一千篇的童詩作品，對台中市童詩教育的影響，怎麼容許我們輕忽呢！

為《兒童天地》選刊童詩作品，應該是陳先生為兒童詩工作敲響的第一聲鼓槌，洪健全基金會舉辦兒童文學創作獎的時間在一九七四年，而陳先生在兒童天地評選童詩開始於一九七三年，兩者投入的時間點幾乎同步，可見有志一同。

此後陳先生在兒童詩，以及兒童文學上面所投入的時間和精力，以及所做出來的的貢獻，更是不計其數。

三、陳先生與台中市兒童詩畫展

在陳先生參與推動的各項活動，讓全台中市的小學生全面動起來的，應該是在他任職台中市文化中心主任（後為台中市文化中心文英館館長）時期，所主辦的「台中市兒童詩畫」競賽。該項活動，乃創始於一九七六年十月，一直到一九八七年他公務退休，總共辦了十屆。這十屆的兒童詩畫競賽，不論是參與人數最多，影響的成面，幾乎無以輪比。

而，整個活動規劃的細密，也令人嘆為觀止，此項活動包括六個步驟：

㈠對台中市全體國小學童徵求童詩稿件。

㈡聘請童詩專家評審稿件，並公布得獎稿件。

㈢依據得獎童詩作品，對全市國小學童徵畫，讓學童根據詩的內容，發揮創意，構思設計畫面，參加比賽。

㈣聘請專家評審畫作，選出優勝作品。

㈤在當時的文化中心，後來的文英館展出詩畫得獎作品，讓全體市民共同欣賞。

㈥出版兒童詩畫得獎作品，並於出版品上，每篇都撰寫賞析的文字。

一項活動能持續十年，同時包含童詩、童畫指導；童詩、童畫創作，展出、甚至後來還印刷出版，可謂創歷史先例。

筆者忝為台中市小學教師的一員，當年也曾指導學童參與其中童詩的創作比賽，並獲得佳績，因此深知該項比賽，當時在台中市確實風起雲湧，每一個學校，每位指導老師莫不卯盡全力指導學生，參與創作。

根據陳先生在《小學生詩集 3》的編選後記上，提到「這一有意義的活動，迄今以辦八屆。最初投稿的兒童詩只有三、四百首，但每年逐漸增加，至七十三年度收到的作品，即超過了八千首以上，可見

學生與家長，一般民眾，對於詩與畫，增進了很大的興趣……」
（《小學生詩集3》132頁）

　　有許多學校裡的老師因為這個活動，而深入瞭解兒童詩甚至對兒童文學產生興趣，也有些老師因此而投入童詩童畫的結合工作。此活動不但產生了許多膾炙人口的作品，也推動了當時台中市各國小的詩學教育。

　　後來，許多得獎的作品，不但成為時代的典範，被當作重要的參考依據，寫入論文中。有的被選入國內重要的兒童詩選集，例如：林煥彰編選的《兒童詩選讀》、《台灣兒童詩選》，就選了不少得獎的作品；而有些甚至還被引介到日韓等國出版發表，如《海流》；甚至還有被外國學者引用為論文，在國際論文研討會上發表者。而「童畫」部分也有日本畫家要求把作品送到日本去展覽。（〈拜訪童詩的推手〉）

　　後來陳先生還編選集結得獎作品，分別於一九七九年、一九八二年、一九八五年、一九八七年由台中文化中心，出版了四本《小學生詩集》。不但清楚的保留當時得獎的作品，並且於每首詩後面還撰寫賞析的文字，讓詩更容易貼近讀者的心靈。其中第四集作品中的賞析文字，還是請參加七十五年八月在日月潭舉辦的「童詩創作研究夏令營」的老師和家長撰寫的，使參與層面擴大。

　　讓對童詩有興趣的讀者、作者、研究者而言，這四本《小學生詩集》不但是重要的閱讀資料，也是研究時不可缺少的珍貴資料，可惜目前已經是一書難求，成為稀世珍品了。

　　筆者曾於一九九七年九月九日親臨陳宅訪問，探詢陳先生為何會以一個現代詩作家的身份，推動兒童文學以及兒童詩的工作。陳先生認為「兒童文學也是文學的一環。成人有成人的想法，兒童也有兒童的想法，成人的想法是文學，兒童的想法當然也是文學；兒童的想法是文學中最原始的東西，如果我們能保持兒童這種原始的想法，把它化成文字，這會是非常寶貴的東西。」

　　而，推動兒童寫詩的活動，乃是把文學中最原始的兒童的想

法，轉化成文學作品，並將它流傳給兒童閱讀，讓兒童在寫作過程中，涵養自身的文學氣質，修身養性，也抒發情緒。同時也因此讓兒童可以閱讀到「兒童作者」所撰寫的童詩，獲得感同身受的替代性經驗，抒發情緒，獲得成長。

四、陳先生與台灣日報兒童天地版的編輯

推廣一項活動，透過媒體的運作，常常會有事半功倍的效果，陳先生在舉辦兒童詩畫徵獎以外，還於一九八四年一月一日起，受邀擔任台灣日報週日兒童天地版之編輯工作，繼續執行兩年。

兒童天地版大約佔台灣日報的四分之一的版面，當時陳先生在大約四分之一的版面裡，雖然也登了各式各樣的兒童文學作品，不過比較起來還是偏重和「兒童詩」有關的作品。在版面上最常出現的作品，不外成人和兒童寫作的童詩作品，此外還刊登數量不少的童詩賞析。

就以一九八五年三月十日的兒童天地版為例，四分之一的版面上，總共刊登了詹冰的〈田園散步〉、蔡榮勇的〈我心目中的好老師〉、洪志明的〈霧〉，以及五位學生的作品，另有趙天儀介紹吳孟修的〈蝴蝶和毛毛蟲〉，以及林玉娟對林鍾隆〈日出〉的欣賞。一共登了三首成人寫的童詩，五篇兒童寫的童詩，以及兩篇評介，整個版面發表的作品，幾乎全都和童詩有關的作品。

七十四年四月七日該版，也刊登了九首童詩，三首成人的作品，六首兒童的作品，另外還有一篇趙天儀先生寫的童詩評介，也幾乎全部都和童詩有關。

明顯的陳先生在編選兒童天地的時候，不失他詩人的個性，大量的使用童詩作品。台灣日報當時在中部，算是一份發行量不小的報紙。兩年的時間雖然不長，由於陳先生對兒童詩的喜好和投入，對中部地區，甚至於對整個大台灣兒童詩的寫作、指導提升了不少，影響力不容小覷。對童詩創作、指導人才的培育，亦有不小的成果。許多

有名的兒童詩作者，都曾在該版面上發表作品。

五、陳先生與台灣省兒童文學協會

為了進一步利用組織的力量，來推展兒童文學的工作，陳先生於一九八九年結合全省同好（包括對兒童文學工作有興趣者、從事教職的小學老師，以及對兒童詩有興趣的現代人都在邀請之列）籌組成立台灣省兒童文學協會，並於當年十二月獲選擔任理事長，並且於兩年後連任理事長。

陳先生於擔任理事長期間，除了正常推展會務外，同時不改其對兒童詩推展的興趣。分別在一九八七年五月母親節前夕出版《兒童寫給母親的詩》，一九九一年父親節前夕出版《我心目中的爸爸》。

《兒童寫給母親的詩》、《我心目中的爸爸》兩本詩集收錄的全都是兒童的作品。兒童以自己的眼光、情感去書寫他對父母的感受，其中有感恩、有批判、有事實的描述，也有引人發笑的童趣，讀來令人倍覺感動。

一九九一年十一月二十日又編選出版了，其中共收錄了薛林等二十四人的作品，總共一百一十一首。這本詩集和前兩本詩集最大的差別，在於作者的年齡不一樣，前兩本詩集的主角是兒童，而這本詩集則是由大人擔綱演出，曲目雖然同為「童詩」，由於成人和兒童作者的觀點不同，內容當然也大異其趣。

出版詩集容易，找對了作品就好了，可是作品印好了，要發行到讀者的手中卻不是那麼容易。幸好，協會的口碑不錯，很受會員的認同，透過會員的推介，這三本詩集卻廣為流傳。

當時台灣兒童文學協會總幹事洪中周在《台灣兒童詩選集》的序言裡提到：「一本詩集的發行，除了要有作者以外，還需要有廣大的讀者，很令人欣慰的是，本書到三校完畢時，許多會員已替我們找到了讀者，我們訂四十本一個單位，預約的人數已接近四十人，這不但給作者很大的鼓勵，同時也給參與編印的工作人員莫大的鼓

勵……」

　　事實上，不止《台灣兒童詩選集》未經書局正式的管道發行，就連《兒童寫給母親的詩》、《我心目中的爸爸》兩本詩集也未經書局的管道發行，協會出版的三本詩集，全部都是透過協會一百多位會員的口耳相傳，互相轉告，找來的讀者，即便如此，該三本詩集卻也一再加印，傳為洛陽紙貴。　由此可知，陳先生透過兒童文學協會作了多少的工作。

六、陳先生與兒童文學研習

　　陳先生在推展兒童詩或兒童文學工作是多管其下的，他不只組織團體透過團體的力量長期推廣；運用報刊雜誌等媒體，普及性的讓大部分的兒童能接觸到兒童詩作；舉辦徵詩徵畫，讓兒童有親自參與創作的機會。此外，他還透過研習的方法企圖深耕兒童文學，以及進行童詩教育。

　　他說：「我任職台中市文英館當文化中心主任時，也曾經和台灣省文復會合作舉辦過多次的兒童文學研習會，其目的就是在推動教師的兒童文學工作，使受訓的教師能具有正確的兒童文學觀念，以便藉其教學，來達到兒童文學教育。」

　　畢竟教師是接觸到兒童的第一線，唯有讓學校裡的老師深入瞭解兒童文學，喜愛童詩，知道如何教導兒童進入詩的世界，兒童文學、兒童詩教育才能真正落實在學校基層。

　　陳先生所舉辦過的兒童文學研習，大都以中小學教師為班底，兼收社會人士。他策劃主辦過的兒童文學包括：

　　㈠一九八五年開始在豐原興農山莊策劃「兒童文學營」，一共
　　　　舉辦五天。

　　㈡一九八六年五月策劃主辦台中教師「兒童文學研習會」舉辦
　　　　七天。

　　㈢一九八六年八月策劃主持中部縣市教師「兒童文學研究營」

在日月潭舉行。

㈣一九九〇年策劃主持全省小學教師兒童文學研究營,在日月
潭舉辦一週。

㈤一九九一年二月策劃在台中縣文化中心舉辦「兒童文學創作
研討會研習」。

㈥一九九一年五月至六月,策劃「兒童文學創作研習」,在台
中市文化中心舉辦。

㈦一九九一年七月策劃主持全省小學教師「兒童文學研究營」
在日月潭舉辦一週。

㈧一九九二年七月又策劃全省小學教師「兒童文學營」,在靜
宜女子大學舉辦一週。

㈨一九九三年七月策劃兒童文學營,在東海大學舉辦一週。

陳先生所舉辦過的兒童文學研習不下十次,每次的研習學員都
在一百名以上,前後參加研習的人數不下一千人,透過與會的教師,
輾轉教育下一代,受惠的學生無以計數,對兒童詩、兒童文學的貢獻
無法以筆墨衡量。

而參加研習的教師不只是來「聽課」而已,為了讓學員能深入
瞭解、體悟兒童文學、兒童詩的意境,以及創作方法,陳先生設計的
研習,還讓參加的學員能從實做中學習。由於研習成效頗佳,學員的
作品後來還出版了兩冊《文藝沙龍》。

七、陳先生與日本兒童詩交流

陳先生對兒童詩的貢獻,不只是在辦理各項的徵詩比賽,讓兒
童詩直接落實在兒童身上;也不只在辦理各項的研習,讓兒童詩在體
制內的教育土壤中,生根發芽;也不只透過媒體的推廣,讓兒童詩普
遍的發芽。陳先生還透過和亞洲詩人往來的過程,把台灣的兒童詩推
介到國外去,也把國外的兒童詩引進到國內來,為台灣的兒童詩打開
一扇通往國際的窗戶。

我們都知道坐井觀天，關起門來作皇帝，常常會因為眼界有限，導至夜郎自大，自以為了不起。如果有觀摩、學習交流的對象，那麼吸取別人的營養，必能壯大自己的手臂。因此，陳先生趁與國外詩人交流之際，會順便把國外的兒童詩帶到國內，讓國內的兒童感受外國兒童的情感表達方式，也會把國內兒童的作品，推介到日韓等國，讓日韓等國的兒童也能分享台灣兒童的經驗和情感。

陳先生在與日韓等國家的文人交流時，把從日韓等國帶回來的作品，大量翻譯並刊載在《滿天星》雜誌上。

像在滿天星第三十一期陳先生就翻譯了日本小一土屋鈴〈頭一下洗碗〉等十一位兒童寫的十一首兒童詩。在滿天星第二十四期陳先生和張壽哲先生一起翻譯了朴斗淳〈下雪日〉等四人四首童詩。這只是隨便舉兩個例子而已，其實滿天星兒童詩刊，幾乎每一期都有陳先生翻譯的國外童詩作品。

而，在韓國回聲雜誌 1995 年秋天第七期上也由日本保坂登志子翻譯了八首童詩，其中四首兒童的作品，另外四首則為成人的作品。筆者相信這些作品有可能都是由陳先生輾轉交給保坂登志子，再由保坂登志子翻譯成韓文發表的。

筆者有有一次和陳先生私下交談，陳先生還提到他參加國際的文學討論會時，國內一首獲得台中市兒童詩畫徵獎的作品「媽媽」的詩，被當作重要的文獻，於研討會探討。

另外，陳先生和保坂登志子、安田學，分別在一九九零年四月十日、一九九二年九月十五日、一九九五年九月十五日，一共翻譯出版三本台日兒童詩集《海流》，該詩集的出版是以中文和日文同時呈現的方式，分別刊載日本、台灣的成人和兒童的童詩。其中《海流 II》不但由東京 KADO 創房發行，也在台灣富春文化公司發行，這可能是目前唯一在台灣和日本同時翻譯，也共同出版的中日文對照的兒童詩集。

整體而言，陳先生在對日韓等國童詩交流上，所貢獻的力道，不但為台灣兒童開了一個眼界，也把台灣兒童推介給其他國家。它不

只增大了我們的文化容量，寬廣我們的心胸，也增大了我們的視野，對台灣兒童詩的成長，不啻是一帖強心針。

八、結語

從一九七三年陳先生開始在《兒童天地》月刊編選指導兒童寫詩開始，一直到現在，已經三十年了，陳先生推動童詩的熱情一直都沒消退。

他不但結合各種人力和資源，籌組兒童文學協會，辦理兒童詩畫徵獎、兒童文學研習，寫作童詩、在媒體上撰寫童詩賞析，以及童詩理論作品；並且推動國際兒童詩交流，發行和童詩有關的刊物、出版品，三十年來對兒童詩推廣的運動，不餘餘力。

以一個非教育工作者，他不但培育了無數喜歡指導兒童寫詩的教師，讓兒童詩根植於學校的教育土壤中；更讓許多兒童能親自參與寫詩的工作，同時也將兒童和成人的作品出版成書，留下了許多膾炙人口的作品。

在推展兒童詩的過程，他也建立了自己的兒童詩理論，透過他建立的理論，我們知道怎樣指導兒童寫詩，以及兒童詩必須有哪些要素，才能發揮感動的力量。此外，透過國際的交流，他打開了我們的眼界和心胸，也把我們推介給國外的朋友。

三十年來陳先生對兒童詩的推廣工作，投入的心力不計其數，令人感佩。頂著現代詩的光環，陳先生投入兒童詩的推展工作，擂動的每一記鼓聲，都震人耳膜。原來，一片荒蕪的童詩園地，在陳先生以及其他先行者的努力下，終於開出了燦爛的花朵。

我們盼望後起之士，能踩著這一記一記震人耳膜的鼓聲，勇往直前，繼續開土拓疆，開創另一個童詩、或甚至另一個兒童文學的世紀。

參考書目

林文寶主編 《兒童文學工作者訪問稿》 萬卷樓圖書有限公司
　　2001.6
林煥彰編 《兒童詩選讀》 爾雅出版社 1981.4
林煥彰編 《台灣兒童詩選》 全榮文化事業 1986.10
洪中周編 《童詩創作 110》 滿天星兒童詩刊社 1989.6
洪中周等編輯《滿天星兒童詩刊》
保坂登志子編 《海流 I 台灣日本兒童詩對譯選集》 東京 KADO 創
　　房 1990.4
保坂登志子編 《海流 II 台灣日本兒童詩對譯選集》 東京 KADO 創
　　房 1992.5
保坂登志子編 《海流 III 台灣日本兒童詩對譯選集》 東京 KADO 創
　　房 1995.9
陳千武編 《小學生詩集 3》 台中市文化中心 1985.5
陳千武編 《小學生詩集 4》 台中市文化中心 1987.4
陳千武編選 《兒童寫給母親的詩》 台灣省兒童文學協會 1990.5
陳千武編選 《我心目中的爸爸》 台灣省兒童文學協會 1991.8
陳千武著 《童詩的樂趣》 台中縣文化中心 1993.6
陳武雄等編 《台灣兒童詩選集》 台灣省兒童文學協會 1991.11
黃如荃等編輯《兒童天地月刊》

議 程 表

11/22 （六） 第 一 天					
08：40 09：00	報到				
09：00 09：10	開幕式	譚小媛			
專題演講		**主持人**	**演講人**	**講　　題**	
09：10 10：10	專題演講	趙天儀	陳千武 詹　冰 施翠峰		
論文發表		**主持人**	**發表人**	**講評人**	**講　　題**
10：20 12：00	第一場 論文發表 （3人）	林　良	蘇奐羽	游珮芸	陳千武先生翻譯的《星星的王子》
			徐錦成	洪志明	陳千武的兒童詩論
			陳秀枝	陳木城	烈日與暖陽—談陳千武和他的少年詩
12：00 13：10	午　　　　　　　　　餐				
13：10 14：00	會員大會	1. 會務報告　2. 提案討論　3. 獎學金頒獎			
14：10 15：30	第二場 論文發表 （3人）	許建崑	林淑苓		潘人木兒歌作品研究
			劉隸陵		桂文亞兒童散文研究
			施佩君		台灣少年小說中的少女形象—以九歌現代兒童文學獎為例

			林素珍	傅林統	舊瓶裝新酒—陳千武《台灣民間故事》評述
15：40 17：20	第三場 論文發表 (3人)	張子樟	劉敬洲	許建崑	台灣少年小說家施翠峰及其作品初探—以〈愛恨交響曲〉與〈歸燕〉二作為例
			邱各容	馬景賢	一步一履痕，跨越語言藩籬的張彥勳

11/23　（日）第　二　天					
08：10 08：30	報到				
		主持人	引言人	主	題
08：30 09：20		鄭邦鎮	莫 渝 洪志明 劉敬洲	談我眼中的資深作家	
09：30 10：30	座談會	林文寶	林武憲 嚴淑女 邱各容	史料（指標事件）的收集與整理	
論文發表		主持人	發表人	講評人	講　題
10：40 12：20	第四場 論文發表 (3人)	陳明柔	黃秋芳	蔡尚志	從十三首詩談親近陳秀喜的兒童閱讀策略
			謝淑麗	劉 瑩	愛的世界—論詹冰童詩的風格
			湛敏佐	許玉蘭	詹冰兒童詩淺析
12：20 12：30	閉幕				

國家圖書館出版品預行編目資料

兒童文學資深作家陳千武先生及其同輩作家作品研討
會論文集／中華民國兒童文學學會企劃編輯. － －臺
北市：兒童文學學會出版：萬卷樓發行，2003〔民
92〕
　　面；　　公分

ISBN　957-29192-0-2（平裝）

1. 兒童文學－論文，講詞等

815.907　　　　　　　　　　　　　　　　92019895

兒童文學資深作家陳千武先生及其同輩作家作品研討會論文集

出 版 者／中華民國兒童文學學會
住　　　址／台北市中正區福州街 11-1 號 3 樓
電　　　話／（02）23570737

編輯企劃／中華民國兒童文學學會
執行編輯／陳玉金・陳瀅如
封面設計／小雨
住　　　址／台北市中正區福州街 11-1 號 3 樓
電　　　話／（02）23570737

發 行 者／萬卷樓圖書有限公司
住　　　址／台北市羅斯福路二段 41 號 6 樓之三
電　　　話／（02）23216565・（02）23952992
傳　　　真／（02）23944113
劃撥帳號／15624015
定　　　價／200 元
出版日期／2003 年 11 月初版

ISBN／957-29192-0-2